KB247767

야구좋
못해도
내일은
온다

야구 줄 못해도 내일은 온다

초판 1쇄 발행 2025년 12월 29일

지은이 심너울
펴낸이 김병호
펴낸곳 (주)슬로우리드

편집 임현정
디자인 김민지
마케팅 송송이 박수진 박하연

발행처 주식회사 슬로우리드
등록 2025년 8월 4일 제2025-000065호
주소 서울특별시 성동구 연무장5가길 25, 성수역 SK V1 Tower 1605호 (성수동2가)
대표전화 070-7780-7760
이메일 storycart@naver.com
인스타그램 instagram.com/slowread_publishing/
블로그 blog.naver.com/slow_read

야구 좀 못해도 내일은 온다

심너울 장편소설

슬로우리드

우리에게는 누구나 끝내 닿지 못한 포지션이 있다. 정영우는 14년 동안 그 자리를 묵묵히 지켰고, 정승우는 태어난 순간부터 그 자리를 넘어섰다. 형과 동생의 사이는 야구장 마운드와 홈플레이트 간의 거리인 18.44미터보다 훨씬 멀다. 어쩌면 그것은 살아가며 좁힐 수 없는 간극에 가깝다.

이 소설은 그 간극을 회피하지 않는다. 재능이라는 우연, 노력이라는 습관, 그리고 가족이라는 필연이 만들어 내는 복잡한 감정을 조용히 드러낸다.

당신은 멀리서 빛나는 누군가를 바라보며 벤치에 앉아본 적 있는가? 펭귄스라는 이름처럼, 날지 못하는 자들에게 원하는 결말은 좀처럼 허락되지 않는다. 하지만 그럼에도 끝까지 포기하지 않는 사람들의 등을 오래 바라본 적 있다면, 이 소설 속 떨림을 느낄 수 있을 것이다.

　어쩌면 가장 빛나는 순간은 가장 복잡하다. 펜스를 넘어간 타구가 예상치 못한 결말을 만들어 내듯, 끝에 가서야 닿는 것들이 있다. 그것은 아슬아슬하고, 애틋하고, 조금은 잔인하기에 아름답다.

이소호
『나의 미치광이 이웃』,『캣콜링』저자

등장인물

정영우   고등학교를 졸업하자마자 '펭귄스'에 입단해
14년간 묵묵히 뛴 백업 선수.
이제는 슬슬 은퇴를 고민하고 있다.

정승우   정영우의 동생. 타고난 천재 투수로,
전국이 주목하는 고교야구 에이스이다.

서나리   메이저리그에서 인정받은 야구 이론 분석가.
한국 야구를 사랑해 펭귄스 프런트에 합류한다.

하유미   우연히 시작된 팬심이 덕업일치로 이어진 펭귄스 팬.
현재 구단 인턴으로 활동하고 있다.

하현승   하유미의 아빠이자 펭귄스 모기업에서 잘나갔던 임원.
건설 현장에서 문제가 생기자 펭귄스 단장으로 좌천되었다.

펭귄스   10년 넘게 리그 하위권을 벗어나지 못한
한국프로야구의 대표 약체 팀.

허들러스   펭귄스의 대표 팬클럽.
오랜 고생 끝에 극성 코어 팬덤으로 변해,
새로 유입된 팬들에게 배타적인 집단이 되었다.

야구 규칙

9명으로 구성된 두 팀이 공격과 수비를 번갈아 가며 9이닝 동안 점수를 겨룬다.
수비 팀이 3명의 선수를 아웃시켜야 공수가 바뀐다. 타자 한 명이 1루, 2루, 3루
를 거쳐 홈으로 들어오면 1점이 난다.

*이닝: 야구에서 한 회를 의미함.

주요 용어

포스트시즌

정규시즌이 끝난 후
상위 5개의 팀이 모여
최종 우승을 가리는 경기.
'가을 야구'라고도 부른다.

인필드플라이

내야에 뜬 쉬운 플라이에서
수비 팀이 공을 일부러
떨어뜨리는 꼼수를 못 쓰게
심판이 미리 타자를
아웃시키는 규칙.

탱킹

일부러 성적을 낮춰
다음 드래프트 때
유망주 우선 지명권을
확보하는 전략.

뜬공(플라이)

공이 높이 떠서
야수에게 바로 잡히는 타구.

드래프트

구단이 새로 들어올
신인 선수를 뽑는 제도.

FA(Free Agent)

일정 기간 팀에서 뛴 뒤
다른 구단과 자유롭게
계약할 자격이 주어진 선수.

목차

추천사

등장인물

야구 규칙 / 주요 용어

작가의 말

"웃어라, 웃어. 야구는 못해도 연봉은 나온다."
- 양승호 롯데 자이언츠 신 감독

너는 타고나길
왼손잡이여서 다행이다

여기 정영우라는 야구선수가 있다. 팀 펭귄스에서 14년 동안 뛴 타자다. 정영우는 14년 동안 백업 플레이어로 지내왔다. 수비 포지션이 부상 등 불의의 사유로 빌 때, 그곳에 채워지는 선수. 그리고 펭귄스는 정영우와 함께하는 동안 단 한 번도 우승권에, 아니 포스트시즌에 진출한 적이 없다. 사람들은 정영우 같은 선수가 아직도 뛴다는 것이 펭귄스의 문제점이라고 말한다.

지금 정영우는 타석 위에 서서, 왼손으로 배트를 쥔 채로 앞을 본다. 여전히 익숙하지 않은 왼손이 꿈틀거린다.

상대 투수는 정영우와 18.28m 떨어져 있다. 하지만 25.4

cm 높이의 마운드 위에 있는 투수는 그에게 너무 거대해 보인다. 광활한 녹색 그라운드의 선수들과 관중석에서 노래를 부르고 춤을 추는 수많은 사람들. 그들 모두가 정영우와 그를 상대하는 투수에게 집중하고 있다.

정영우는 관중들의 기대감을 느낄 수 있다. 정영우가 멋지게 공을 쳐줄 것이라는 기대감. 아니 어쩌면, 그것은 기대감이 아니라 불안감일 수도 있다. 정영우는 이를 구분할 수 없다.

펭귄스의 공격만이 남은 9회 말 1아웃의 상황이다. 스코어는 2:1. 1루와 3루에는 펭귄스의 주자가 서 있다. 정영우가 공을 한번 멀리 쳐내기라도 한다면, 그사이에 3루 주자가 홈으로 들어와 동점이 될 수 있는 절호의 기회다.

잠시 배트를 손질하는 척하면서, 정영우는 자기 팀 선수들과 스태프들이 있는 더그아웃 쪽을 지켜본다. 혹시라도 감독이 다른 선수를 대타로 올려보내진 않을까 하는 생각이다. 하지만 70대의 노감독 유진성의 단단한 무표정에는 아무런, 정말 아무런 변화가 없다. 팀의 공격이 기세를 탄 이 상황에서 감독은 아무런 감흥도 느끼지 못하는 듯하다. 결국 정영우는 이번 타석이 자신의 시험대가 될 것임을 느낀다. 그는 자신이 먹기 싫은 반찬을 앞에 둔 아이의 표정을 짓고 있다고 생각한다. 그만큼 괴로운 심정이다.

곧 공이 날아온다.

마운드에서 시속 148km의 속도로 던져진 공이 포수의 글러브로 들어가는 데는 3초가 채 걸리지 않는다. 마치 순간 이동 같다.

정영우는 배트를 휘둘러 보지도 못한 채, 멀뚱히 그 공을 쳐다본다. 벌써 두 번째 스트라이크 콜을 듣는다. 이제 한 번만 더 스트라이크 콜이 울리면, 삼진 아웃이다.

무언가를 보여줘야 한다는 생각이 든다. 가만히 있다가 아웃되는 것은 야구선수에게 아주 굴욕적인 결과이니까. 상대편 투수한테 완전히, 완전히 제압됐다는 말이니까. 그것이야말로 최악이라고 할 수 있을 것이다.

또 한 번 공이 사람의 어깨로 던졌다고는 믿을 수 없는 속도로 날아온다. 정영우는 이를 악물고 원래 자기가 쓰지 않는 손으로 잡은 배트를 전력을 다해 휘두른다. 배트가 힘차게 공기를 가르지만, 너무 빨리 휘둘렀던 것일까. 공이 배트 아래쪽에 빗맞으면서 정영우의 손이 울린다. 공은 데굴데굴 굴러간다. 힘이 완전히 실리지 못한 내야 땅볼이다. 최악의 상황이 될 수 있는 공이다.

방금까지 1루에 있던 선수가 2루로 뛰고, 정영우도 질끈 눈을 감은 채 1루를 향해 달린다. 상대 1루수에게 공이 도달하기 전까지 1루를 밟아야 살 수 있다. 상대 팀의 유격수가 공을 잡아 2루 베이스를 밟고 있는 2루수에게 가볍게 토스한다. 한 개의 아웃. 2루수가 1루수를 향해 공을 강하게 집어 던진다. 공은 빠르고 정영우는 느리다. 포스아웃이다. 두 개의 아웃. 더블 플레이 혹은 병살타.

2:1로 게임 종료. 펭귄스 패배.

정영우의 스윙 한 번이, 꼴등으로 가는 길의 블록 하나를 더 쌓았다. 사실 정영우에게는 익숙한 일이다. 그러나 그럼에도 패배에 익숙한 척할 수는 없다. 그는 여전히 자신을 프로라고 생각한다. 얼굴이 굳은 동료 선수들, 절대다수의 후배들 사이를 마치 범인처럼 지나가는 정영우다. 아니, 실제로 범인일지도 모르겠다.

패배감을 곱씹으면서, 정영우는 선수단 출입구를 통해 경기장을 걸어 나온다. 주차장에 있는 그의 차로 걸어가는데 어떤 목소리가 들린다.

"진짜 져도 참 좆같이 진다. 어떻게 거기서 아웃이냐."

"뭐… 기대를 걸만한 사람한테 기대를 걸어야지."

목소리가 갑자기 멈춘다. 정영우는 대번에 그 말을 한 사람들이 자기를 알아봤음을 느낀다. 거대한 야구선수의 몸은 쉽게 눈에 띄는 법이다. 화가 나기보다 도리어 정영우는 그 두 사람의 입장료를 자기 돈으로라도 환불해 주고 싶은 마음이다. 하지만 그렇게 해준다고 해도 패배는 되돌릴 수 없다.

팬들도 정영우와 마찬가지로, 패배에 익숙하더라도 익숙한 척하지 않는다. 꼴등 팀 팬들이라고 해도, 그들은 승리를 원하고 자부심을 원한다. 그러나 정영우는 실패했다. 여느 때처럼.

＊＊＊

정영우는 가족과 함께 사는 아파트 거실에 있다. 중학교 교복을 입은 정영우가 갓난아기를 업고 있는 사진과 화목해 보이는 가족사진이 낡은 장식장 위에 놓여 있다. 장식장 안에는 조금 독특한 기념물들이 있다. 야구공을 비롯한 야구에 관련된 물건들은 차치하고서라도, 테니스와 핸드볼 국가대표 사진들과 트로피들은 다른 집에서는 쉽게 찾아보기 힘들 것이다. 정영우는 소파에 누워 있다. 오래된 냉장고의 백색 소음이 배경으로 들린다.

김성은. 그녀는 수십 년 전에 핸드볼 선수였으며 이제는 공인 중개사이고, 동시에 정승우와 정영우의 엄마다. 그녀는 부엌 식탁에 앉아 휴대폰으로 쇼츠 따위를 보고 있다. 모자는 따로 이야기를 나누지 않는다.

문이 열린다. 한때 테니스 선수였으며 이제는 편의점 점장인 정홍연이 먼저 들어오고, 그 뒤로 그보다 키가 20cm 정도는 큰듯한 거인이 살짝 고개를 숙이면서 들어온다. 정영우보다 14살 어린 동생이자 이 집의 막내, 정승우다.

"다녀왔습니다."

정승우가 말하고 김성은이 답한다.

"어, 아들. 오늘 잘했어?"

"당연히 잘했지! 오늘은 완봉이다, 완봉."

완봉했다는 정승우보다 오히려 더 들뜬 사람은 정흥연이다. 마치 술이라도 잔뜩 한 것처럼 볼이 빨개져 있다. 그럴만한 일이다. 완봉승은 투수에게 최고의 승리니까. 그런데도 김성은은 약간은 심드렁하게 반응한다.

"밥 먹자. 일어나, 정영우."

비몽사몽 중에 있던 정영우는 이미 둘이 들어오는 소리를 듣고 눈을 뜬 채다. 자연스럽게 그는 김성우과 함께 식사를 준비한다. 그러는 동안 정승우와 정흥연은 제각기 욕실에 들어간다.

이십 분 정도가 지난다. 가족은 식탁에 앉아 있다. 식탁 위에는 단순해 보이지만 준비하는 데는 공이 많이 드는 반찬들이 한가득이다.

정흥연이 흠흠 소리를 내면서 한술을 뜨자, 모두가 식사를 시작한다.

"승우 공은, 야, 무슨 시즌마다 좋아지는 것도 아니고 대회에서 한 경기 할 때마다 더 좋아지냐? 오늘도 속구 평균 구속이 더 올랐더라고…."

정홍연은 가족 모두가 이미 잘 알고 있는 주제, 즉 정승우가 얼마나 야구를 잘하며, 오늘도 얼마나 빛이 났는가에 대해서 열렬히 말한다. 정승우는 그 옆에서 아무 말도 하지 않으면서 묵묵히 단백질 위주의 반찬을 집어 먹는다. 정홍연은 또다시 정승우가 어릴 때 아빠의 테니스공을 가지고 놀던 이야기를 한다. 정홍연의 가족과 친구 모두 수십 번은 들었을 이야기다.

반면 김성은은 야구 이야기는 되도록 하지 않으려고 한다. 정영우는 어머니가 자기 눈치를 보고 있다는 것을 안다. 그 사실이 오히려 그를 민망하게 만든다.

정영우는 정승우를 보며 그를 추켜세워 준다.

"대단하다, 야."

정승우가 고개를 들어 정영우를 바라본다. 정영우는 정승우가 젓가락을 잡고 있는 손을 보고 말한다.

"나는 뭐, 오늘 병살 쳐서 게임 망쳤어. 그래도 넌 타고나길 왼손잡이여서 다행이다."

정영우는 오른손으로, 정승우는 왼손으로 젓가락을 잡고 있다. 둘 다 경기는 왼손으로 뛰지만.

어릴 때부터 정영우는 어째서 정승우가 왼손잡이인지 궁금했다. 친가와 외가를 합쳐서 8촌까지 따져봤을 때 왼손잡이는 단 세 명뿐이었다. 동생보다 자신이 키가 작은 것도 의아하긴 했지만, 그래도 일반적으로 동생이 형보다 키가 크다는 속설도 있거니와 정영우도 덩치가 아주 큰 편이니까 그 점은 이해할 수 있었다. 어쨌든 14년 뒤에 태어난 동생이 14년 전의 자신보다는 조금 더 잘 먹었을 수도 있고.

그런데 이 주로 쓰는 손은 도대체 어떻게 결정되는 것일까.

이는 단지 사랑하는 동생에 대한 호기심이라기보다는, 약간은, 약간은 질투에 더 가까운 감정이었다. 정영우도 동생처럼 타고난 왼손잡이였다면 좋았을 것이다. 비록 세상이 왼손잡이에게 더 가혹할지라도. 모든 것이 오른손잡이에 맞추어져 있고 오른손을 바른 손이라고 지칭하며, 어떤 비정한 어른들은 아이를 때려가며 오른손잡이로 교정하더라도 말이다.

여러 가지 이유로, 야구는 왼손잡이에게 훨씬 더 유리한 스포츠다. 왼손잡이 타자는 필연적으로 1루 베이스에 더 가까우며, 왼손잡이 타자는 대체로 흔한 오른손잡이 투수를 상대하기에 좀 더 유리하다. 그리고 결정적으로, 야구판에서 왼손잡이는 드물다.

그렇기에 야구라는 세상은 왼손잡이에게 더 호의적이었고 타고난 왼손잡이 야구선수는 더 큰 가치가 있다. 정영우는 자신이 처음부터 자연스럽게 배트를 왼손으로 잡을 수 있었다면, 적어도 지금까지 홈런을 단 한 번도 치지 못한 선수가 되지는 않았을 거라고 생각한다. 모를 일이지만, 확실히 힘은 더 잘 쓸 수 있었겠지.

✳ ✳ ✳

정영우는 자신이 어쩌다 야구선수가 되기로 결심했는지 기억한다. 아주 어릴 때부터, 그는 자신이 운동선수가 될 거라는 자각은 하고 있었다. 부모 모두 국제대회에 국가대표로 나간 적이 있는 운동선수였고, 정영우 자신도 아기 때 우량아 대회에 나갈 정도로 커다랬으니까. 하지만 종목은 빠르게 정하지 못했다. 그러다 초등학교 6학년 때 생애 처음으로 아버지 정흥연과 같이 야구장에 갔다.

규칙이 복잡한 스포츠 종목에 순위를 매긴다면 야구가 앞순위를 다툴 것이다. 그렇기에 룰도 모른 채로 야구장에 간 어린 정영우는 심드렁했다. 그라운드 위에서 뛰는 선수들은 개미 같았고, 그의 눈에 야구공은 아예 보이지도 않았다. 주변에 앉은 사람들은 언제나처럼 열광했다. 정영우는 어느새 자기를 잊고 경기에 열중하고 있는 아버지 옆에서 양념치킨을 먹었다. 이제 그 치킨 맛은 기억하지 못한다.

하지만 그 치킨이 폭발하면서 난 꽝 소리만큼은 분명히 기억한다. 그다음에야, 정영우는 자기가 먹고 있던 치킨 상자에 꽂힌 야구공을 보았다. 상황을 인지하는 데 시간이 조금 걸렸다. 홈런볼이 정영우에게 떨어진 것이었다. 모든 사람들의 시선이 정영우에게로 쏠렸다. 정영우는 양념과 먼지, 송진으로 범벅이 된 야구공을 집어 들고 일어섰다. 모두가 환호했다. 정영우는 그 순간의 주인공이었다.

터질듯한 가슴을 간신히 추스르고 집에 돌아온 정영우는 부모님 앞에서 당당하게 말했다.

"나는 야구선수 하고 싶어."

정영우의 치킨 상자에 야구공을 꽂아 넣은 사람이 당시 펭귄스의 마지막 전성기를 이끌던 명타자라는 것을 알게 된 것은, 조금 더 뒤의 일이었다.

정홍연은 아주 당연한 운명의 선고가 내려진 것처럼 반응했다. 올림픽에서 메달을 받고 말겠다는 젊은 시절의 목표는 끝내 이루지 못했지만, 운동선수 생활을 끝내자마자 사기를 당해 오랜 생활고를 겪었지만, 그럼에도 그는 자기 자식이 운동선수를 하기를 바랐다. 그것은 그의 사명이었다. 아들이 야구를 택한 것도 마음에 들었다. 테니스보다야 대중에 많이 노출되는 편이 더 큰 기회가 있지 않겠는가.

한편 당시 공인 중개사로 열심히 뛰고 있던 김성은은 그 말이 탐탁지 않았다. 그녀 역시 엘리트 체육에 정홍연만큼 익숙했다. 그러나 김성은은 그게 도저히 자식에게 시킬 일이 아니라고 생각했다.

인간의 한계를 시험하는 훈련 속에서 육체는 부서지고, 사회와 분리된 세계관은 취약해진다. 김성은은 정홍연이 사기를 당한 것도 전부 엘리트 체육 때문이라고 생각했다.

어쨌든, 행동력이 강한 쪽은 언제나 정홍연이었다. 정영우는 온갖 야구용품을 선물받았고, 정홍연의 친구였던 야구선수 출신 아저씨 한 명이 정영우와 캐치볼을 하기 시작했다. 그 아저씨는 정영우를 보자마자 말했다. 타자가 하고 싶으면, 왼손으로 배트를 휘두르는 연습을 하는 것이 어떻겠냐고. 야구에서는 왼손잡이가 훨씬 더 유리하다고.

정영우는 완강히 거부했다. 그는 홈런타자가 되고 싶다고 말했다. 홈런이야말로 야구의 꽃이라고 생각했으니까. 그리고 왼손으로 바꾸면 오른손으로 치던 것에 비해 당연히 힘이 줄어들 테니까.

선출 아저씨는 아이의 고집을 굳이 꺾으려 하지 않았다. 어차피 친구 아들에게 야구를 가르쳐 주는 것은 가벼운 소일거리였다. 무엇 하러 잘 모르는 아이의 미래를 진지하게 고민하겠는가?

몇 개월이 지나, 정영우는 집과 조금 멀지만 야구 명문으로 알려져 있는 중학교로 진학했다. 정영우는 곧장 야구부에 들어갔다. 그리고 그 야구부에는 진지하게 정영우의 미래를 고민하는 사람들이 있었다. 그들은 정영우를 잘 키워서 좋은 고등학교로 보내야 했다.

예를 들면 엄민용 감독이 그런 사람이었다. 엄민용 감독은 한 달 동안 정영우를 지켜본 다음, 감독실로 불렀다. 그리고 말했다.

"이제부터 왼손으로 배팅하는 법 배워야 한데이."

정영우는 당황했다.

"네?"

"니는 발재간이 빠르긴 한데 힘이 센 편은 아니데이. 정확도도 안 두드러지고. 긍께 오른손으로 던지되, 치는 건 왼손으로 쳐야 경쟁력이 있을 거다."

"저는 거포가 되고 싶은데요. 홈런타자요."

엄민용이 웃으면서 고개를 저었다. 정영우는 강하게 다시 말했다.

"많이 연습하겠습니다."

"영우야. 프로가 되고 싶제?"

엄민용이 미소를 지으면서 말하자 정영우가 고개를 끄덕였다. 당연한 말이었다. 엄민용이 얼굴을 살짝 내려서 정영우의 기록을 바라보았다. 그의 얼굴에 음영이 졌다.

"니 우리 야구부에 아들이 얼마 있는지 알제."

"스물한 명 있습니다."

"그 아들 중 몇 명이 나중에 드래프트에 뽑히는지 아나?"

당시의 정영우도 매년 드래프트를 통해 프로야구선수가 선발되는 것을 알고는 있었다.

"어… 한 열 명 정도입니까?"

엄민용이 고개를 저었다.

"고등학교 야구부가 전국에 한 육십 개가 있다. 그 고등학교에 우리처럼 스무 명이 있다 치자. 원래는 더 많지만. 이십 곱하기 육십 해봐라. 그럼 천이백이제? 천이백 명의 아들이 있다. 여덟 개의 팀이 드래프트에서 열 명씩 뽑는다 치자. 그럼 팔십 명이다. 뭐 나중에는 열 개 팀까지 만든다지만… 그럼 뽑힐 확률이 10%도 안 되제? 그러면 지금 우리 야구부에서 뛰는 아들 중에 한두 명이 프로가 되는 기라."

"네…."

"부상 때문에 선수 생활이 절단 나는 걸 제외하고서라도, 프로가 되는 건 그만큼 힘들다. 니가 야구단 스카우터라고 생각해 봐라. 1년에 못해도 수천만 원을 주면서 운동을 시켜야 하는데, 니 같으면 아무나 뽑겠나. 아니제?"

"네. 아닙니다."

"그럼 한 살이라도 어릴 때 경쟁력을 만들어야지. 니는 지금 내가 보기에는 거포가 될 가능성은 거의 없다. 그라면 왼손이라도 써야지. 왼손으로 치면 자리가 훨씬 더 많은 기라.”

정영우는 아무 말도 하지 않았다. 엄민용은 느긋하게 그의 표정을 바라보다가 말했다.

“알긋제?”

“조금만 더 생각해 보면 안 될까요…?”

감독실에 들어가기 전까지만 해도 커다랗고 딱딱해서 마치 군인 같은 느낌이 들던 정영우라는 14살짜리는 칭얼거리는 아이처럼 말했다. 엄민용은 고개를 끄덕이면서 나가보라고 했다.

정영우는 처음 야구의 매력을 느꼈던 그 순간, 홈런볼이 치킨 상자에 내리꽂히던 그 순간과 완전히 반대되는 감정을 느꼈다. 하지만 감정의 심도는 똑같았다.

그날 집에 돌아온 정영우는 오른손잡이용 글러브를 벽에 집어 던졌다. 정영우가 야구를 하겠다고 선언했을 때 아버지가 싱글벙글 웃으면서 사준 값비싼 일제 글러브였다. 이틀이 지나서 정영우는 왼손으로 공을 치는 법을 배우기 시작했다. 공을 받는 것은 여전히 오른손으로 하기 때문에 글러브를 내다 버릴 일은 없었다. 정영우는 스스로도 자신의 행동이 우스꽝스럽고 당황스러웠다.

빠른 속도로 날아오는 작은 구체를 전신의 힘을 이용하여

막대기로 타격한다는 정교한 동작을 익숙하지 않은 손으로
하는 것은 참 어려웠다. 정영우는 처음 야구를 배우기 시작
할 때보다 그 순간이 더 힘들었다고 회상한다.

정승우는 그로부터 다섯 달 뒤에 태어났다. 정흥연과 김성
은에게는 예상치 못한 아이였다. 자식을 야구선수로 만드는
데는 굉장한 돈과 시간이 필요했다. 그들이 돈을 벌 동안 정
영우는 정승우의 기저귀를 갈고 젖병을 물렸다. 그러다 그는,
이 아기가 젖병을 향해 손을 뻗는 것을 보았다. 아기는 자연
스럽게 왼손을 내밀었다.

＊＊＊

타고나길 왼손잡이여서 다행이라는 말을 들은 정승우는
멋쩍게 웃으며, 왼손에 쥔 젓가락으로 반찬을 입에 가져간다.
정영우는 그 모습을 본다. 여전히 정영우는 글씨를 쓰거나
젓가락을 다루는 것 같은 정교한 행동을 왼손으로 하지 못한
다. 갑자기 정영우는 가슴 밑쪽에서 치밀어오르는 부끄러움
을 느낀다. 어이가 없는 일이다. 중학생이 아기가 왼손잡이라
고 부러워하는 것도 웃기지만, 14년을 프로에서 뛴 야구선수
가 고등학교 야구부인 동생을 왼손잡이라고 질투하는 게 더
황당한 일 아닌가!

정영우는 누구보다 잘 알고 있다. 정승우의 재능은 너무나 훌륭해서, 그가 좌투수인지 우투수인지는 이미 중요한 문제가 아니라는 사실을 말이다. 정승우는 야구에 필요한 수많은 능력을 그저 가진 채로 태어났다. 두뇌와 손의 협응력, 커다란 신장과 강력한 어깨와 등 근육, 오랫동안 공을 던져도 지치지 않는 근지구력, 자잘한 부상 하나 없었던 내구력… 하나하나 셀 수가 없다.

반면 정영우는 펭귄스의 암흑기 내내 그 구단에서 뛰어온 선수다. 프로로 14년 차. 10%도 되지 않는 드래프트의 확률을 뚫었고, 오랫동안 뛰었으니 대단하다고 할 수도 있다. 아니, 대단하다.

하지만 정영우와 정승우는 그 재질이 다르다. 정영우는 선발 라인업에 세우기 애매하지만 어쨌든 있으면 쓸데가 있는 백업 정도로 선수 생활을 유지했다. 그러나 정승우는 모두가 원하는 천재다. 정승우가 초신성이면 정영우는 얼어붙은 왜성이다.

정영우는 자신이 동생에게 열등감과 질투심을 느끼고 있다는 것을 인지한다. 그리고 이에 수치심을 느낀다. 정영우는 최대한 다른 생각을 하려고 노력한다. 그는 다른 주제를 찾아 질문을 건네본다.

"됐고, 오늘도 기자들이랑 인터뷰했지?"

"어."

정승우는 짧게 답한다.

정승우가 언론에 자주 노출되기 시작한 건 이미 오래전의 이야기다. 인터뷰 같은 것이야 너무 잦은 일이라 일상이라 말하기도 뭐하다. 정영우는 다시 한번 묻는다.

"드래프트 이야기 안 하디? 내년에 어느 구단에 뽑히면 좋겠냐라든지….'

정영우는 정승우의 왼손이 살짝 떨리는 것을 본다. 정승우는 아주 잠깐 침묵하다가 웃으면서 말한다.

"외국 구단으로 갈 생각 없냐고 묻더라.'

모두의 시선이 동시에 정승우를 향한다.

만약 정승우가 외국행을 택하면, 그는 반드시 미국으로 가게 될 것이다. 야구의 중심 메이저리그로. 하지만 정승우의 재능이 아무리 대단하다고 할지언정, 그가 곧바로 미국 메이저리그 무대에 오를 수는 없을 것이다. 정승우는 마이너리그에서 오랫동안 훈련해야 할 것이고, 그곳의 환경은 결코 적응하기 쉽지 않다. 선수들은 한 경기를 뛰기 위해 그 광활한 북미 대륙을 수십 시간씩 버스로 횡단해야 하며, 그들에게는 제대로 된 식사도 제공되지 않는다.

거기다 정승우는 아직 영어를 한마디도 하지 못한다. 평생을 가족과 같이 살면서 야구만 해온 정승우가 북미 환경에 적응하는 것은 그 자체로 어려운 일일 것이다.

그런 이유로, 미국으로 바로 건너간 재능 있는 선수들 중 결국 실패하여 돌아온 선수들이 꽤 많다. 그들은 자신의 잠재력을 완전히 꽃피우지 못한 채로, 대부분은 조금씩 한국 선수들 사이로 흩어져 사라진다.

"그래서 뭐라고 했어?"

그 사실을 잘 알고 있는 김성은이 불안을 감추지 못하고 묻는다. 김성은은, 말하자면 가족 중에서 가장 안정 지향적인 사람이다. 정승우가 야구를 처음 시작했을 때도 김성은은 불안해했다. 그 찬란한 재능을 보았음에도 말이다. 정승우는 피식 웃으면서 말한다.

"아, 당연히 한국에 남는다고 말했지. 무슨 미국이야."

정흥연이 숟가락으로 식탁을 치면서 말한다.

"그래. 한국에 있어라. 그게 나아. 또 형이랑 같이 뛰면 좋잖아."

이번 시즌도 펭귄스는 바닥에 처박혀 있고, 그 누구도 펭귄스가 위로 올라올 거라고 생각하지 않는다. 정영우는 정승우의 표정을 바라본다. 왠지 모르게 동생의 얼굴에 미묘한 어둠이 깔려 있는 것 같다. 침묵하는 정승우 앞에서 그가 말한다.

"그건 모르겠어요. 아버지."

"응?"

정홍연이 무슨 말이냐는 듯 묻는다. 정영우가 웃는다. 그는 잠시 가족들이 있는 집을 둘러본다.

34평짜리 지방 구축 아파트. 이 집의 시세차익으로 대박을 치지는 않았지만, 10년이 넘는 세월 동안 아파트는 별문제 없이 네 가족을 품어주었다. 정영우가 펭귄스에 선발되었을 때의 계약금과 대출금을 더해 산 집이었다.

그때 정영우는 불만이 많았다. 고등학교 졸업 직후 선발되어 억대의 돈을 쥔 동기들은 그것을 모두 새 차를 사는 등 자신을 위해 썼다. 정영우도 그 돈을 자기 마음대로 쓰고 싶었다. 차를 사고 비싼 술을 마시고 실컷 즐기고 싶었다.

하지만 당시 가족은 너무 빈곤했다. 쑥쑥 크고 있는 정승우를 키울 더 넓은 집이 필요했다. 정영우는 큰 불만을 품고 자신이 아닌 가족을 위해 집을 샀다.

이제, 정영우는 인생에서 가장 빛났던 순간이 부동산 거래 계약서에 서명하던 바로 그때라고 생각한다. 정영우는 자기가 꿈꾸던 대로 홈런타자가 되지도 못했고, 펭귄스에서 확고한 주전이 되지도 못했다. 야구 인생 내내 백업의 삶을 전전했다. 하지만, 그래도, 적어도 이 집만큼은, 가족 모두에게 보금자리가 되어주었다. 그거면 된 것이다. 아마도.

정영우는 입을 뗀다.

"올해 은퇴하려고요. 그러니까 승우랑 같이 뛸 수는 없을 거예요."

"뭐라고?"

정홍연의 눈이 커진다. 정승우가 동요한다. 오로지 김성은만 올 게 왔다는 듯 아무런 반응을 보이지 않는다. 정영우는 말한다.

"이제 슬슬 팀에 계속 붙어 있는 것도 눈치가 보이잖아요. 출전 기회도 계속 줄어들었고. 그래도 야구선수로 14년 동안 했으면, 뭐, 할 만큼 한 거지. 박수 칠 때 떠나야죠. 솔직히 지금도 이미 박수 받고 떠나기는 글렀어요."

결국 그토록 원하던 홈런은 한 번도 못 쳐봤다는 사실을 정영우는 굳이 말하지 않는다. 아들도 나이가 들고 결국 선수로서 은퇴할 수밖에 없다는 사실을 깨달은 정홍연이 아무 말도 못 하는 사이에 김성은이 말한다.

"그래서, 은퇴하면 뭐 할 건데?"

"아직 거기까진 생각 안 해봤는데….."

"구단 측이랑 이야기 안 해봤니? 선수들 은퇴하고 일자리 같은 거 지원해 준다고 안 해? 아니면 코치 시켜준다고는?"

정영우는 멋쩍게 말한다.

"아니, 아직 구단에 말하진 않았는데… 글쎄요, 구단이 코치를 시켜줄 거 같진 않아요. 그것도 또 성적이 좋아야 하거든요.”

김성은이 살짝 인상을 찡그린다. 그녀가 이 정도로 감정 표현을 하는 일은 드물다.

“영우야. 은퇴하려면 일단 그런 것부터 알아봐 둬야 해. 너희 아빠가 은퇴하자마자 사기당해서 우리가 얼마나 고생했는지 너도 기억하지? 운동선수들이 30대에 은퇴하고 나면 세상 물정은 모르는데 돈은 또 쓸데없이 있어가지고 길바닥 사기꾼들이 다 몰려든다? 앞으로 뭐 해 먹고살지, 돈은 어떻게 벌어야 할지 미리 생각해야지.”

“오늘 같은 날 그런 이야기를 왜 해.”

정홍연이 김성은에게 우물쭈물 말한다. 그러자 김성은이 쏘아붙이듯 답한다.

“오늘 같은 날이니까 더 그런 이야기를 해야지. 이제까지 영우가 은퇴 이야기 한 적이 한 번도 없었잖아. 은퇴하려면 계획을 딱 세워둬야 가족이 고생을 안 한다고. 영우야. 너 진짜 명심해라. 모든 건 계획에 맞춰서 해야 한다.”

김성은은 그런 말을 할 자격이 있었다. 정홍연이 사기를 당한 직후, 김성은이 공인 중개사 자격증을 따고 뼈 빠지게 일하지 않았다면 가족은 파멸을 맞았을 것이다. 당연히 정영우도 정승우도 야구선수가 될 수는 없었을 것이다.

“에이, 야. 영우야. 너 그냥 내 편의점 물려받아라.”

정흥연이 별거 아니라는 듯 말했다. 김성은이 정흥연을 바라보고 반박한다.

"그럼 당신은 또 어디서 일하고? 편의점 인수한 지 이제 2년도 안 됐잖아. 그런데 그걸 또 물려준다고 하고 있어요?"

정흥연은 할 말이 없다. 그는 고전적으로 가부장적인 인간이지만, 김성은이 아니었으면 자신은 되돌릴 수 없이 망했으리라는 사실을 잘 알고 있다. 결국 더 강한 사람은 김성은이다. 정흥연이 아무 말도 못 하는 동안 정승우가 수저를 내린다.

"잘 먹었습니다."

정승우는 잠시 숨을 가다듬고는 말을 잇는다.

"잠깐 나갔다 올게요."

정승우는 휴대폰을 챙겨 들고는 집 밖으로 나간다.

식탁에 모여 앉아 있던 가족의 분위기는 썩 좋지 않다. 정흥연도 아무 말 없이 안방으로 들어가고, 김성은은 거실로 가서 텔레비전을 켠다. 방송인들이 깔깔 웃는 소리를 들으면서 정영우는 설거지를 시작한다.

그릇 하나하나를 뽀득뽀득 닦는다. 피어오르는 거품들과 물소리. 단순하지만 귀찮고, 꼭 해야 하는 청결한 일. 설거지라는 행위에는 일종의 최면적인 효과가 있다. 설거지하는 정영우의 머릿속에서 이전까지는 해보지 못했던 생각들이 거품처럼 피어오른다.

김성은의 말은 하나도 틀림이 없다. 정영우는 은퇴하겠다는 생각만 해왔고, 그 이후의 계획은 별달리 고민해 본 적이 없다. 배트를 들고 타석 위에 설 때마다 정영우는 도망치고 싶었다. 자신이 게임 하나를 말아먹고, 동생이 영광스러운 완봉승을 누린 오늘 같은 날이야말로 은퇴 결정을 가족에게 알리기에 좋은 날이라고 생각했다. 하지만 그 뒤는? 은퇴하고 나면 도대체 무얼 해야 하지?

당장은 괜찮을 것이다. 부모는 아직 직업이 있고, 본인은 야구선수로 뛰면서 돈을 아주 조금 쌓아두긴 했다. 하지만 정영우에게 남은 시간은 그가 지금까지 살아온 시간보다 길기에 30대 중반의 은퇴는 가혹한 일이다.

정영우는 타석에 설 때와 비슷한 공포심이 엄습하는 것을 느낀다. 정영우의 삶에는 야구배트와 글러브밖에 없었다. 구단에서 코치 제안을 한다면 완벽하겠지만 그런 것은 어느 정도 성과를 낸 선수에게나 보장되는 자리다. 중학교 코치? 저출생 때문에 이제는 야구하는 아이들이 많이 줄었다. 사설 야구 학원? 홈런 한 번 못 쳐본 타자에게 배우고 싶은 학생들이 있을까? 그렇다면 그 밖에서는, 무엇을 해야 하지? 그것은 정영우에게 상상 밖의 영역이다. 사실, 상상하고 싶지도 않다.

설거지를 끝내고 정영우는 말한다.

"담배 한 대 피우고 올게요."

"너 은퇴하면 담배도 좀 끊어라. 운동선수가 무슨 담배야."

문밖으로 나서는 정영우의 등 뒤로 김성은의 목소리가 꽂혀든다. 프로야구선수가 되기 전에는 담배를 피우지 않았다. 프로가 된 이후에는 몸 관리를 철저히 해야 하니까 더더욱 그럴 일이 없을 거라고 생각했다. 하지만 프로가 되자 담배를 피울 수밖에 없었다. 어떤 물질에라도 의존하지 않으면 도저히 타석 위에서의 공포를 버틸 수가 없었으니까. 그리고 이제는 또 다른 공포심 때문에 담배에 의존해야 한다.

✳ ✳ ✳

태영고등학교 2학년 유소희는 전형적인 전교 1등이다. 교사들에게 싹싹하고, 집중력이 뛰어나고, 1년 내내 시험에서 틀리는 문제가 다섯 손가락을 넘지 않는다. 키가 큰 편인데 말랐고, 도수가 높은 안경을 쓴다.

그리고 그녀는 정승우의 여자친구다. 유소희가 자기보다 세 배는 큰듯한 정승우에게 아주 적극적으로 구애했다는 사실에서, 사람들이 생각하는 전형성은 부서진다. 둘의 몸집에는 서로 완전히 다른 영혼이 깃들어 있다. 정승우는 거인 같은 몸을 가지고 있지만 대단히 소심하고 낯을 가리는 성격이다. 한편 유소희는 원하는 것이 있으면 반드시 가져야 하는 정복자이다.

둘은 고등학교 1학년 중반부터 사귀기 시작했다. 전교 1등 유소희가 야구부 엘리트 정승우를 '쟁취하기' 위해서 사용한 그 기기묘묘한 전략 전술들을 늘어놓는다면 웬만한 소설책 한 권의 분량일 것이다. 처음에 연애에 별다른 관심이 없던, 아니 없어야 한다고 믿던 정승우는, 어느 순간 유소희가 친 완벽한 거미줄에 꽁꽁 붙잡혀 있었다.

지금, 유소희와 정승우는 아파트 근처의 작은 놀이터에 있다. 유소희는 그네에 앉아서 천천히 진자운동하고, 정승우는 선 채로 유소희를 내려다본다. 정승우는 이 순간, 오늘 낮에 공을 던지면서 느꼈던 것과는 차원이 다른 긴장감을 느낀다. 사람들이 이 커플을 보며 쉽게 느끼는 바와는 다르게, 정승우는 유소희에게 완전히 사로잡혀 있다. 하지만 정승우는 그것이 나쁘지 않다. 사실 그것은 즐겁고 자발적인 예속이다.

"너 오늘 네 기사 봤어?"

유소희가 말한다. 정승우는 자신의 여신을 보고 고개를 젓는다.

"아, 아니?"

"너는 슈퍼스타가 언론 체크도 안 하니. 그래, 내가 대신해 줬다."

유소희는 정승우에게 자신의 휴대폰을 들이민다. 휴대폰 화면을 채운 건 임주형 기자가 쓴 기사로, 정승우가 한국 드래프트에 참여하겠다고 말했지만 애매하게 말끝을 흐렸다는 내용이다. 대놓고 적혀 있지는 않지만, 기사의 전반적인 뉘앙스는 정승우가 미국행을 강력히 고민하고 있는 것처럼 느껴진다.

"봐봐. 아저씨들이 너 미국 갈까 봐 무서워 죽겠다잖아."

"어, 나는 이렇게 말 안 했는데."

정승우의 가족, 특히 정홍연은 정승우의 인터뷰 스킬을 모두 가족들이 손봐주고 있다고 믿고 있다. 하지만 정승우가 지금까지 매끄럽게 인터뷰하고 있는 것은 죄다 유소희 덕이다. 그녀는 정승우에게 무엇을 말해야 하고 무엇을 말하면 안 되는지 알려주고, 정승우는 이를 그대로 따른다.

"당연히 그렇게 말 안 했겠지. 그래도 이렇게 기사가 뜬다는 건, 야구판에서 높은 사람들이 아직도 불안해한다는 말 아니겠니? 어떻게든 널 한국에 붙잡아 두고 싶으니까, 기자들도 이런 기사를 흘리는 거지."

한편 정영우는 공원의 흡연 구역에서 담배를 피우고 있다. 정영우가 피우는 담배는 한국에서 구할 수 있는 것 중에서 가장 독한 것이다. 5년 전에 처음 이것을 피웠을 때는 곧바로 혼절하는 줄 알았다. 이제 정영우는 이것을 하루에 한 갑씩 피운다. 달릴 때 조금씩 숨이 더 차는 것이 느껴지지만, 이게 아니면 머리가 띵한 느낌을 받을 수가 없다.

그때 정영우는 익숙한 목소리를 듣는다. 놀이터 쪽에서 들려오는 목소리다. 어린 시절 자신이 직접 기저귀를 갈아준 동생의 목소리. 정영우는 목소리가 들리는 쪽으로 천천히 걸어가 본다. 은퇴와 드래프트에 대해서 함께 이야기할 수 있지 않을까 싶다.

그런데 그의 귀에 동생의 한마디가 화살처럼 꽂힌다.

"나는 솔직히 말해서 한국에 남기 싫지."

정영우는 정승우가 그네에 앉은 유소희와 대화하는 것을 목격한다. 왠지 둘의 밀회를 방해하는 것만 같아 정영우는 으슥한 그림자 속으로 몸을 숨긴다. 이제라도 집으로 돌아가야 하나 하고 생각할 즈음, 정승우가 유소희 앞에서 잠시 머뭇거리다가 말한다.

"아니, 사실 너를 생각하면 한국에 남고 싶지만. 그래도….."

유소희가 청량하게 웃고는 말한다.

"야, 너는 무슨… 롱디를 하면 롱디를 하는 거지. 요즘 시대에 뭐 떨어져 있으면 아예 만나기 힘드나? 너 한국 올 거잖아. 나도 뭐 알바라도 뛰어서 미국 여행도 가고 하면 좋지. 그리고 어떤 관계든 좀 떨어져 있어야 오히려 더 애틋하고 좋대. 아니면 뭐, 네가 미국 가서 바람이라도 피울 거야? 설마?

진짜로? 뒤지고 싶어?”

유소희가 인상을 찡그린다. 정승우는 손을 다급히 내젓는다.

“아냐, 아냐, 내가 어떻게 그래. 솔직히 말해서, 좋은 곳에서 뛰고 싶기도 하지만, 미국 가면 개고생하는 것도 사실이거든. 그런데 그냥 가서 가족이랑 떨어져 있고 싶은 마음도 있고.”

정승우의 입에서 가족이라는 단어가 나오자 정영우는 잠시 딱딱히 굳는다. 그는 조금 더 으슥한 곳으로 들어가 고민만큼은 전혀 어리지 않은 커플의 대화를 경청한다. 유소희가 정승우에게 되묻는다.

“왜, 왜 가족이랑 떨어져 있고 싶은데? 가족이랑 사이 별로인 거 같진 않던데.”

“그렇진 않아. 사실 나는 우리 엄마 존경하고 아버지는 성질 급하지만, 뭐, 나쁜 사람이진 않고. 형은 나 업어가면서 키웠고. 너도 우리 집 엄청 가난했던 거 알지? 옛날에는 원망도 했는데, 야구선수 하나 키우려면 돈 진짜 존나 많이 들거든. 글러브 하나에 수천만 원은 우습기도 하고. 여기저기 경기 갈 때도 태워다 줘야 하고. 그런 거 생각하면 우리 가족 다 대단하지.”

“오, 완전 효자네. 그럼 뭐, 가족이랑 떨어져 있고 싶은 이유가 뭔데?”

“…….”

정승우는 입을 떼지 못한다. 유소희는 다그친다.

“가족 이야기를 했잖아. 그러면 뭔가 가족이 껄끄러운 이유가 있나 보네. 근데 그 속에 네가 품고 있는 생각은 스스로 생각해도 좀 아닌 거 같아서 잊어버리고 있는 거고. 그걸 찾아야 돼. 그래야 문제를 어떻게든 해결하지. 와, 나 완전 T다.”

갑자기 MBTI 이야기를 덧붙이는 유소희가 정승우는 너무 귀엽고 멋있다고 생각한다. 그는 동시에 유소희가 한 말을 생각해 본다. 조금은 어렵다. 자신이 잊어버리고 있는 것이 뭘까?

정승우는 가족을 생각한다. 방금 유소희에게 한 말은 모두 진실이다. 중학교 때는 당연히 가족이랑 싸웠고 가족을 원망했으나, 사춘기 소년이 가족과 싸우는 것은 피할 수 없는 자연의 법칙이다. 고등학생이 되고 고교야구의 슈퍼스타가 되면서, 정승우는 다행히도 오만에 젖어버리는 함정에 빠지지는 않았다(그것도 유소희의 덕이 일부 있을 것이다). 정승우는 자신을 둘러싼 환경에 어느 정도 감사한다. 동시에 자기 재능이 개화하는 데 주변 환경의 도움이 컸다는 것을 분명히 안다.

그런데 왜 정승우는 가족으로부터 떨어지고 싶을까.

“잘 모르겠어……. 그냥 한국에서 야구를 하고 싶지 않은 것 같기도…….”

"미국 가면 개고생하잖아."

"그렇긴 한데, 가족이랑….."

유소희는 캐묻는다.

"오늘 가족끼리 무슨 일이라도 있었니?"

"글쎄, 몰라. 형이 은퇴하고 싶다고 말하긴 했는데….."

"은퇴? 정영우 씨가? 펭귄스에서?"

정승우는 고개를 끄덕인다.

별안간 자신의 은퇴 이야기가 타인의 입에서 나오는 것을 듣자 정영우는 숨이 막히는 기분이다. 물론 팬들로부터 차라리 은퇴하라는 식으로 욕을 먹은 것이야 너무 많아서 셀 수 없지만. 이렇게 진지한 은퇴 이야기를, 자신의 가장 소중한 사람들 중 한 명에게서 들은 것은 처음이다.

유소희가 말한다.

"그러면 좀 기분이 서운하겠네. 너도 너희 형이 야구하는 거 보면서 시작한 거잖아."

정승우는 망설이더니 말한다.

"그래야 하는데, 그렇지가 않더라."

"왜? 영우 오빠랑 같이 뛰면 신기할 거 같아. 그리고 펭귄스 이번 해에 꼴등 할지도 모르잖아? 그럼 한 팀에서 형제가 같이 뛰겠네."

그 말대로다. 꼴등을 한 팀은 다음 해 드래프트에서 1순위로 유망주를 뽑을 자격을 갖는다.

유소희가 말한 내용을 정승우는 상상해 본다. 정승우가 던지고, 정영우가 타격하는 그런 이미지를. 정승우가 한때 꿈꿨던 이미지다. 그런데 그 이미지가, 이제는 생각만 해도 너무 짜증이 난다. 정승우는 펭귄스라는 최악의 팀을 떠올린다. 정승우의 숨이 거칠어진다.

"아니? 그런 팀에서 뛰고 싶지가 않아!"

유소희는 알겠다는 듯이 고개를 천천히 끄덕인다. 정승우는 토해내듯이 말을 쏟아낸다.

"내가, 그래, 내가 드래프트 최대어라고 말해주는 건 좋아. 그만큼 야구를 잘한다는 거니까. 그런데 왜 야구를 잘하는데 제일 못하는 팀에 가야 해? 그 팀에서 날 키워줄 수가 있을까? 만약 갔다가 내 신세까지 조지면?"

유소희는 아무 말도 하지 않고 그네에서 일어선다. 그녀는 정승우에게 천천히 다가가, 그를 안아준다. 유소희도 키가 작은 편은 아니지만, 정승우라는 거인을 포옹하는 그녀는 마치 나무에 매달린 매미처럼 보인다. 정승우는 그 큰 몸으로 유소희를 품는다. 부서지지 않도록, 힘이 너무 들어가지 않도록 조심하면서. 정승우는 덧붙인다.

"나는 형처럼 되고 싶지 않아…. 이 생각이 나쁘다는 거 알아. 그래도…."

유소희는 속삭인다.

"그런 생각 때문에 스스로를 탓할 필요는 없어."

그 한마디가 정승우한테는 너무나도 위로가 된다.

＊＊＊

정영우는 길거리를 달린다. 10분이 지나자 숨소리가 거칠어지기 시작한다. 막 프로선수가 되었던 그 시절과는 다르다. 처음 선발되었을 때 정영우는 발이 빠르고 수비가 좋다는 평가를 받았다. 당시에는 아무리 달려도 지치지 않았다. 하지만 이제 10분만 달려도 온몸이 고통스럽다는 신호를 보내기 시작한다. 담배 문제도 있을 것이지만, 그는 안다.

정영우는 나이가 들었다. 30대 중반, 다른 사람들에게는 이제 사회생활을 시작하고 주니어 취급을 받고 있을 때지만, 운동선수로서는 막바지에 접어든 나이다.

이 나이까지 프로로 뛸 수 있다는 것이 그 자체로 축복이라는 사실을, 정영우는 잘 알고 있다. 정영우는 어릴 때 엄민용에게 들은 통계를 기억한다. 그 많은 야구부 아이들 중 10%만이 프로가 된다. 프로 생활을 하면서, 정영우는 통계의 더 자세한 내용을 알게 되었다. 프로가 된 이들 중에서 다시 80%가 1~2년 안에 은퇴하여 사라진다. 정영우는 이 데스게

임에서 마지막까지 살아남은 몇 안 되는 생존자다.

펭귄스가 아니었다면 이런 축복이 불가능했을 것이다. 정영우의 커리어는 펭귄스가 리그의 밑바닥을 전전한 암흑기와 정확하게 겹친다. 물론 정영우가 구단의 암흑기를 이끈 것은 아니다. 하지만 펭귄스 구단이 아예 구단 운영을 포기하지 않았다면, 정영우는 진작에 선수 생활을 그만둬야 했을 것이다. 펭귄스가 그토록 순위에 관심이 없었기 때문에, 정영우는 선수로서 얇고 길게 살아남을 수 있었다.

패배하는 팀, 매일매일 지는 팀, 이기면 신기한 팀.

펭귄스는 그런 팀이고, 정영우는 그런 팀의 그저 그런 고참이다. 정영우는 펭귄스에 들어올 때 기뻤다. 애초에 이 야구팀을 사랑했으니까. 하지만 정승우는 그럴 이유가 없다. 형과 함께 뛰는 것이 죽도록 싫을 것이다. 서로 사랑하는 것과 상관없이 말이다.

정영우는 허파가 아프다. 지금 그는 자신에게 허락된 페이스 이상으로 달리고 있다. 온몸이 증기기관차처럼 열기를 뿜어낸다. 그의 몸에서 실제로 김이 흘러나오는 듯하다. 억지로, 쥐어짜 내듯이 정영우는 달리고, 달린다. 5년 전에 다쳤던 무릎이 삐걱거린다. 무릎의 고통을 느끼기 시작하자 전신의 관절 마디마디가 조금씩 따끔거린다. 한 부위 한 부위에서, 그동안 야구를 하며 겪었던 부상의 기억이 떠오른다. 정영우는 그런 고통을 참아내고 자신의 육신을 밀어붙이는 데 익숙하다. 그것이 그의 일이며 동시에 그의 모든 것이다. 그리고 그 모든 것을 위해 정영우는 자신이 주로 쓰는 손까지 바꿔야 했다. 하지만 정승우는 그럴 필요가 없었다.

정승우가 어렸을 때, 정영우는 동생이 자신을 야구선수로서 동경하는 것이 기뻤다. 자기보다 14살이나 어린 동생을 보고 있자면 행복했다. 부모의 역할을 대행하면서 나쁜 점도 있었지만 좋은 점이 훨씬 더 많았다. 동생이 야구를 하는 것도, 야구를 잘하는 것도, 그리고 어쩌면 같은 그라운드에서 뛸 수 있다는 것도 그에게는 기쁨이었다.

하지만 그 모든 기쁨들이, 지금 이 순간 슬픔과 부끄러움으로 탈바꿈한다. 전신의 피로를 이제 더 이상 이겨낼 수 없는 정영우가 멈춰 선다. 그는 무릎을 꿇고 땅바닥에 절하듯 고개를 숙인다. 목 끝에서 강렬한 피 맛이 느껴진다. 은퇴 이후에 대한 압박감과 정승우의 합당한 고뇌가 차가운 쐐기가 되어 그의 전신에 박힌듯하다.

정영우는 자신의 두 손을 바라본다. 왼손, 오른손, 왼손, 오른손. 처음부터… 왼손이었으면 조금 달랐을까. 무의미한 생각이 비참함을 더하기만 한다는 것을 알고 있으면서도 멈출 수가 없다.

콤플렉스가 트라우마가 되는 순간이다.

아빠는 야구단 단장이
인필드 플라이도 몰라?

펭귄스 홈구장의 미디어실에서는 단장 취임식을 진행하고 있다. 시즌 중 단장 취임식은 흔치 않은 일이다. 중간에 단장이 잘리고 새로 부임한다는 말이니까. 잘 굴러가는 구단이라면 굳이 스스로를 그렇게 흔들 리가 없다.

하지만 펭귄스는 잘 굴러가는 구단이 아니다.

이 취임식은 펭귄스 팬덤의 승리라고 말할 수 있다. 펭귄스 팬덤, 특히 그중 이름난 집단인 허들러스(펭귄들이 추위를 피해 서로 옹기종기 모이는 허들링에서 따온 이름이다)는 펭귄스가 수렁에서 빠져나오기 위해서는 단장과 감독을 교체해야 한다고 수많은 시위를 했다. 모기업 앞에 트럭을 가져다 놓기도 했고, 심

지어 모기업 앞에서 삼보일배를 하기도 했다. 구단주 천용희
는 작년에 전설적인 유진성 감독을 데려왔고, 이제 막 단장
을 교체했다.

동시에 이것은 펭귄스 팬덤의 패배이기도 했다. 유진성 감
독은 30년 넘는 세월 동안 온갖 팀에서 감독을 해오다가 최
근 몇 년간 쉬고 있던 레전드였다. 그러니 유진성이 감독이
되었을 땐 모두가 환호했다.

그런데 이게 웬걸, 유진성이 감독이 되어도 팀은 계속 하위
권 아닌가. 그걸 보고 구단주 천용희는 약속대로 단장을 바
꿨다. 그냥 '아무나'로. 사실 천용희는 팬덤 여론에는 별 관심
이 없었고, 구단 단장이라는 지위는 그룹의 유배지에 좀 더
가까웠다.

펭귄스의 새 단장 하현승은 단상 위에 올라선다. 멋지게 양
복을 차려입고 왔지만, 옷차림보다 그의 얼굴 주름과 다크서
클이 더 돋보인다. 미디어실에 있는 모두가 하현승의 컨디션
이 좋지 않다는 것을 알고 있다. 하현승은 최대한 들리지 않
도록 작게 한숨을 쉬고는 마이크를 든다.

"감사합니다. 펭귄스 새 단장을 맡게 된 하현승입니다. 명
문 팀의 단장을 맡게 되어 영광입니다."

명문 팀이란 단어를 곱씹으며, 하현승은 사람들을 둘러본

다. 기자들과 구단의 스태프들, 선수단까지. 모두 처음 보는 얼굴이다. 하현승이 자신의 인생에서 단 한 번도 엮일 거라고 생각해 본 적이 없는 사람들이기도 하다.

원래 하현승은 펭귄스 모기업의 상무였다. 회사가 재벌이란 경계의 막바지에 대롱대롱 매달려 있을 때 그는 회사에 입사했다. 일반 사원으로 시작한 하현승의 승진은 그 자체로 경이로운 것이었다. 그 승진은 하현승의 능력이 있었기 때문에 이룬 것이었다. 그에게는 21세기 이전, 그러니까 한국이 강한 자만 살아남던 혼돈의 시기였을 때와 어울리는 재능이 있었다.

그는 발주 전문가였다. 건설사에게 정부 발주 공사 프로젝트는 엄청나게 중요한 것이었다. 예를 들어 관급 공사를 하나만 제대로 수주하면 건설사는 몇 년은 먹고살 걱정이 없었다. 공무원들은 기본적으로 공정해야 하고 지금은 예전보다 꽤 나아졌지만, 하현승이 한창 샐러리맨으로 뛰던 시절은 혼돈만이 지배했다. 관료 한 명만 잘 구워삶을 수 있어도, 회사가 번쩍번쩍 성장할 수 있는 시대였다. 수천만 원 정도를 투자해서 수십억을 벌 수 있다면 그야말로 수지맞는 장사 아닌가.

하현승은 불가능을 가능으로 만드는 사람이기도 했다. 그리고 그 나름대로의 자부심과 보람도 있었다. 한강 변의 수

많은 건물들 중 일부는 분명히 하현승이 아니었으면 지어질 수가 없었을 것이다. 그는 전무이사가 되고 싶었다. 그동안 쌓아둔 실적과 네트워크를 생각하면 충분히 가능한 일이라고 그는 생각했다. 그렇게 샐러리맨으로서 최고의 영광을 얻는 것이 그의 최종 목표였다.

그는 5년 전부터 서울 용산의 노른자 같은 땅에 하이엔드 빌라를 짓는 프로젝트를 진행해 왔다. 아무리 생각해도 잘못될 리가 없는 프로젝트였다. VIP들이 걱정 없이 살아갈 수 있도록 지역은 적당히 폐쇄적이었으며, 동시에 서울 어디로도 금방 갈 수 있을 만큼 편의성이 확보된 지역이었다. 근린시설도 적당했고 숲도 있었다. 성공적인 프로젝트를 위해 세세 유수의 건축가도 한 명 들였다.

은빛의 찬란한 빌라는 금방 뚝딱뚝딱 만들어졌다. 수많은 유명인들이 분양받으려고 줄을 섰다.

'용산의 가장 아름다운 곳에서 비교할 수 없는 행복을 만끽하세요.'

이것은 실패하려야 실패할 수 없는 사업이었다. 주변 사람들은 하현승을 이제 회사 창립주의 가족 바로 밑에 있는 사람과 다름없는 사람으로 취급하기 시작했다. 마땅한 일이었다. 하현승은 프로젝트의 실패를 상상할 수조차 없었다.

그런데 그마저도 실패할 가능성이 있었다. 아주 비참하게도 말이다.

하현승의 하이엔드 빌라가 지어진 곳은 60년 동안 미군이 썼던 땅이었다. 항공유가 스며든 땅속에는 여러 위험한 화학 물질들이 파묻혀 있었다. 미군은 정화 완료를 선언했지만 세상이 어디 그렇게 돌아가던가. 그 사실에 꽂힌 기자와 시민단체들이 집중적으로 근처 토양을 조사했다. 하현승이 살면서 제대로 들어보지도 못한 톨루엔과 벤젠 따위 물질과 여러 중금속의 농도가 아주아주 높았다. 국정감사가 시작되었다.

당연히 하현승의 위대한 은빛 빌라는 아예 분양을 시작하지도 못하게 되었다. 그 은빛 건물도 지역 전반에 걸친 조사와 정화의 대상이 되었다. 그 빌라에 들어간 돈만 수천억 원대였는데, 기업에서는 거기에 쓰인 돈을 어떻게든 메꾸고자 전사적인 개고생을 해야 했다. 동시에 천국으로 등기를 칠 준비를 하고 있던 하현승의 처지도 급격하게 바뀌었다.

임원들은 기본적으로 계약직이다. 그가 곧바로 해고당해도 큰 문제는 없었을 것이다. 하현승 본인도 마음의 준비가 되어 있었다. 누군가는 책임을 져야 하니까.

하지만 천용희 회장은 그를 해고하는 대신 펭귄스 단장으로 임명했다. 하현승은 그때 눈물을 좀 흘렸다. 약간 너그럽게 느껴지긴 하지만, 읍참마속 같은 삼국지의 고사를 떠올렸으리라. 천용희는 제갈량, 하현승은 마속.

하현승은 생각한다. 아직은 희망이 있다. 마속은 목이 날아
갔지만, 하현승은 살아 있지 않은가? 살아 있다면 무엇이든
할 수 있다.

하현승은 야구를 잘 모른다. 하지만 다 방법이 있기 마련이
다. 그렇게 생각하면서 그는 기자들을 바라본다.

＊＊＊

인천국제공항. 서나리는 제트브리지를 걸어 나오며 뒤편
의 거대한 A380을 살펴본다. 에어버스의 국제 여객기는 말
그대로 날아다니는 성채 같은 느낌이다. 서나리는 그 압도적
인 인공물 앞에서 왠지 쪼그라드는 느낌을 받는다. 서나리가
입고 있는 니트와 팬츠는 살짝 구겨져 있다. 14시간이라는
장기 비행의 흔적이다. 서나리는 입국 심사 대기 줄에서 살
짝 목을 주무른다. 명백한 피로가 느껴지지만, 그녀의 자세는
꼿꼿하다.

입국 심사가 끝나고 수하물을 나르는 컨베이어 벨트가 움
직이기 시작한다. 서나리는 팔짱을 낀 채로 자신의 회색 캐
리어를 기다린다. 그때 그녀는 주머니에서 휴대폰이 울리는
것을 느낀다. 서나리는 휴대폰을 꺼낸다. 휴대폰 액정에는
'Henrik'이라는 이름과 독일계로 보이는 사람의 얼굴이 크게

떠 있다. 서나리는 전화를 받는다.

곧 서나리의 전 직장 동료, 헨릭 슈타인마이어의 당혹스러운 목소리가 들린다.

"Where are you(어디 있는 거예요)?"

아직 헨릭은 서나리가 자신의 직장 동료인 걸로 안다. '전' 직장 동료가 아니고 말이다. 서나리는 침착하게 진실을 말한다.

"Korea(한국이요)."

"Korea? Today(한국이요? 오늘은)…."

"Yeah, sorry. I should've told you earlier. I resigned(음, 미안해요. 미리 말을 못 해줘서, 저 사직했어요)."

잠시 침묵이 감돈다. 서나리는 헨릭이 충격을 받았다는 것을 느낄 수 있다.

"Resigned? Why the hell would you do that(사직이요? 도대체 왜)?"

"I don't know. Just felt like I needed a change of scenery(글쎄요. 그냥 기분 전환을 하고 싶어졌어요)."

"You're leaving baseball(야구판을 떠날 거예요)?"

서나리는 웃는다. 야구 일을 그만두다니!

"No way! I'm planning to start over in Korean baseball. Looking for new opportunities here(그럴 리가요! 한국 야구에서 일을 다시 시작하려고 해요. 여기서 새로운 기회를 찾아서)."

"What are you talking about, Nari? You think there's a better opportunity in the Korean league than being a senior analyst for a Major League team(무슨 말씀하시는 거예요, 나리 씨? 메이저리그 팀에서 시니어 분석가로 일하는 것보다 더 나은 기회가 한국 리그에 있다고요)?"

한국 야구 같은 하위리그에서 대체 어떤 기회를 찾을 수 있느냐는 말이다. 어쩌면 그렇게 틀린 말은 아닐지도 모른다. 서나리도 알고 있다. 메이저리그에서 커리어를 잘 쌓아온 그녀가 잘 모르는 한국 야구 현장으로 떠나는 것은 커다란 모험이다. 그 성과를 짐작하기도 힘들법한 모험. 서나리는 아무 말도 하지 않는다. 헨릭이 말한다.

"Look, I know this might sound a bit sensitive, but is this some kind of… homeland thing(음, 이런 이야기가 조금 민감하게 느껴질 수 있지만… 혹시 고향에 대한 애정 같은 건가요)?"

"What(뭐라고요)?"

"I mean, you're Korean, so(아니, 당신은 한국인이니까요)…."

헨릭은 아마도 무슨 디아스포라 이야기라도 생각하고 있는 듯하다. 하지만 서나리는 그 정도로 감상적이진 않다. 그녀는 실소한다.

"Not at all(그런 건 전혀 아니에요)."

서나리는 인천공항을 둘러보면서 말한다. 어쨌든 그녀는

서울 출신이다. 하지만 매년 너무나 빠르게 바뀌는 이 나라가 그녀에게는 낯설기만 하다.

“Then why are you leaving(그럼 왜 그만두시는 건데요)?”

“I don't know. Being an analyst is great and all, but I want to try leading an entire team myself now(글쎄요. 분석가로 일하는 것도 좋죠. 그런데 이제는 팀 전체를 제가 한번 이끌어 보고 싶더라고요).”

“An entire team(팀 전체를요)?”

“Yes(네).”

“I get it, but this is really disappointing, Nari. Would've been great if we could keep working together(이해는 가지만 정말 아쉬운 결정이군요. 나리 씨. 계속 함께 일할 수 있으면 좋을 텐데요).”

서나리는 헨릭이 하는 말이 그저 인사치레 따위가 아니라는 것을 안다. 지난 10년간, 헨릭은 스카우터로서, 서나리는 야구 이론 분석가로서 아주 오랫동안 함께 일해왔다. 둘 사이에 어떤 사적인 감정은 딱히 없었지만, 둘은 일종의 전우애 비슷한 감각을 공유했다. 메이저리그 팀들 간의 스카우트 경쟁이라는 전장에서 함께 뛰어온 전우.

“You know how I am, right(제 성격 알잖아요)?”

서나리가 농담처럼 말한다. 헨릭이 한숨을 쉰다.

“Yeah. Once you've made up your mind, there's no talking you out of it. Never has been. Not after all these years(그래

요. 그쪽이 결정을 내린 걸 어떻게 하라 마라 하겠어요. 절대 설득 불가능한 사람이니까. 하루이틀도 아니고)."

"Exactly. But don't worry. I'll keep in touch. If I find any good prospects here, I'll let you know(바로 그거예요. 그래도 걱정하지 마세요. 계속 연락할 테니까. 혹시 여기에 괜찮은 유망주가 있으면 알려줄게요)."

서나리는 저 멀리서 자신의 캐리어가 오고 있는 것을 확인하고는 전화를 끊는다.

공항 밖으로 나간 그녀는 우버 앱을 실행해 근처 호텔로 향하는 택시를 잡는다.

체크인을 끝낸 서나리는 예약해 둔 호텔 방으로 들어간다. 그녀는 10대 후반에 미국으로 갔지만, 아직까지 집 안에서 신발을 신고 돌아다니는 미국 문화에 적응하지 못했다. 아니 도대체 어떻게 그럴 수가 있단 말인가? 다행히 한국의 호텔은 기본적으로 현관에서 신발을 벗을 수 있는 형태이다. 신발을 벗고 캐리어를 대충 벽 쪽에 세워둔 다음, 서나리는 깨끗한 바닥에 대자로 눕는다.

바닥에서 30분 정도 졸고 난 다음에야 서나리는 이제 장거리 비행에서 소모되었던 힘이 어느 정도 채워졌다는 것을 느낀다. 서나리는 일어나서 미니 바에 있는 마카다미아 너츠를 까서 먹고, 냉장고에 있는 물을 벌컥벌컥 마신다. 샤워를 한 후 좀 더 가벼운 옷으로 갈아입은 그녀는 캐리어에서 노트북을 꺼내 침대 쪽으로 향한다.

침대에 앉아 노트북을 내려다보는, 편하지만 온몸이 비명을 지르는 자세를 취하고 서나리는 웹을 둘러본다. 펭귄스에 야구라고는 아무것도 모르는 하현승이 단장으로 오게 되었다는 내용이 그날 한국 스포츠판의 핫한 뉴스다. 하현승은 오직 건축밖에 모르는 사람이었다고. 서나리는 한국 야구와 멀어진 지 오래되었지만, 단장 교체로 인한 펭귄스 팬들의 고뇌는 충분히 느낄 수 있다.

하지만 그녀는 며칠 전에 헤드헌터에게서 온 메일을 기억한다. 서나리에게는 바로 지금 이 순간이 그녀가 노리고 있던 기회다.

★ ★ ★

펭귄스 구단 사무실은 서울 강남에 있는 모기업 빌딩 13층을 쓰고 있다. 하현승은 출근하여 엘리베이터를 탄다. 마침 그의 라인에 있던 부장 한 명이 함께 탄다. 그동안 깍듯이 인사했던 부장은 이제는 무언가 영혼이 빠진듯한 태도로, 가볍게 고개를 까닥인다.

하현승은 슬픔과 모멸감이 뒤섞인 채 구단 단장실로 들어간다. 벌써 이곳으로 출근한 지 일주일째다. 스스로 13층에 올 것이라고 생각도 하지 못했는데.

물론 야구단 단장은 많은 사람들에게 커다란 꿈이겠지만, 천용희 회장의 그룹에서 펭귄스는 그야말로 돈 잡아먹는 하마에 불과하다. 천용희 회장은 야구에 관심이 없다. 꼴등만 계속하는 펭귄스는 모기업 없이는 재정적으로 아예 유지가 불가능하다. 즉 펭귄스의 단장직은 한직 중의 한직이다. 하현승은 단장실의 의자에 앉으며 기지개를 켠다. 창문 밖으로 보이는 강남의 북적대는 거리. 그는 바쁘게 오가는 사람들을 보면서 벌써 무기력함을 느낀다. 하현승은 생각한다. 아직까지는 힘이 남아 있는데. 아직 10년은 더 일할 수 있을 것 같은데.

그때 휴대폰 진동이 울린다. 하현승은 전화를 받는다. 비서의 목소리가 들린다.

"단장님."

"어."

"그, 오늘 개인 면접이 잡혀 있다는 분이 오셨는데요. 이름이 서나리라고."

"맞아. 들여보내."

"아, 네. 알겠습니다."

하현승은 목이 탄다. 그는 냉장고에서 생수를 꺼내 벌컥벌컥 마신다.

곧 서나리가 단장실 안으로 들어온다. 젊은 여자다. 하현승은 젊은 여자를 볼 때마다 곧바로 자기 딸 하유미를 생각하게 된다. 서나리는 20대 중반인 하유미보다는 조금 나이가 많아 보인다. 150cm 정도 돼 보이는 서나리의 꽤 작은 체구와 무언가 하유미와 다른 느낌의, 한국에서는 쉽게 보기 힘든 화장법이 신경이 쓰인다. 하현승은 헤드헌터에게서 들었던 그녀의 삶을 떠올린다. 미국에서 15년을 살았다고….

"안녕하세요. 서나리라고 합니다."

"예. 하현승 단장입니다. 반가워요. 앉아요."

서나리는 당당히 들어와 앉는다. 하현승은 책상 위의 태블릿을 들고, 그녀의 이력서 파일을 켠다. 이력서가 전부 영어로 적혀 있어서 알아보기가 힘들다. 요즘 신입 공채에서 영어 성적을 본다지만, 사실 하현승이 해온 일에 영어는 크게 중요하지 않았다. 하현승은 자기가 내용을 이해하지 못했다는 사실이 드러나지 않도록 가벼운 질문을 던진다.

"본인 이력을 간단하게 설명해 봐요."

"10년 전에 스탠퍼드 대학에서 박사를 땄습니다."

"아… 스탠퍼드. 좋은 데 나오셨네. 뭘로 박사를 했어요?"

"바이오메커니컬 엔지니어링 쪽이라고 보시면 될 것 같습니다. 야구선수들 신체를 분석하는 것이 핵심이었고요."

하현승은 이력서에 적힌 논문명을 다시 한번 확인해 본다.

'Kinematic and kinetic analysis of the baseball swing: Optimizing performance through motion capture.'

하현승은 사이키델릭한 기분을 느낀다.

단장으로 본격적으로 취임하기 며칠 전, 하현승은 헤드헌터들에게 연락을 돌리며 쓸만한 인재가 있으면 찾아달라고 부탁했다. 단장 자리를 끝으로 은퇴하고 싶지 않았기 때문이었다. 그는 야구에 대해 잘 모르지만 펭귄스가 끔찍한 구단이란 것만큼은 확실하게 안다. 하현승은 펭귄스를 꽤 괜찮은 구단으로 바꾸고, 이 구단 재정도 흑자로 전환하고 싶다.

하지만 지금 서나리가 말하는 내용은 말 그대로 하현승의 인지를 초월한 것이다. 최대한 아무렇지 않은 척하면서, 하현승은 가까스로 입을 뗀다.

"그렇군요. 논문 내용을 짧게 요약하자면?"

"내용 자체는 간단합니다. 3D 모션 캡처를 통해서 스윙 메커니즘을 바이오 메커니즘적으로 최적화하는 것이죠. 스윙 동작을 분해해서 각 관절의 움직임 각도와 속도를 측정하고, 이것이 배트 헤드의 궤적과 어떤 상관이 있는지 연구했습니다. 야구선수마다 신체가 다르기 때문에, 이 결과로 어떻게 부상을 예방하고 좀 더 좋은 성적을 낼 수 있을지 고려했고요. 예를 들면, 스윙 시 각 관절에 가해지는 토크와 부상 가능성의 상관관계를 계산할 수 있지요."

하현승은 서나리가 한 말 중 그나마 들어본 적이 있는 단어를 되뇐다. 그는 생수를 벌컥벌컥 마신 다음, 서나리에게 묻는다.

"토크요?"

그녀가 고개를 끄덕인다.

"그 당구에서 회전 주는 거랑 비슷한 건가…?"

"예. 정확하십니다. 회전력이라고 보시면 얼추 비슷합니다."

"그래, 그래! 그럼 야구공도 당구공처럼 돌리는 거네."

서나리는 자신이 야구선수의 관절에 걸리는 토크를 말했다는 것을 굳이 암시하지 않는다. 대신 서나리는 자신의 이력을 계속 이야기한다.

"이후로 메이저리그 퍼포먼스 애널리틱스 부서에서 근무했습니다. 야구선수들의 신체에 대한 과학적인 분석에 있어 저만 한 전문가는 없다고 자신합니다."

"맞아, 맞아. 텍사스에서 일했다고 했지? 그럼 텍사스 레인저스에서 일한 거네. 그러면 추신수 선수도 본 적이 있어요?"

서나리는 한숨을 애써 참는다.

"음, 죄송한데, 저는 휴스턴 애스트로스에서 일했습니다."

"휴스턴 애스트로스요? 그것도 텍사스에 있나요?"

"아, 네. 휴스턴도 텍사스주에 있습니다."

서나리는 의문을 품는다. 도대체 어떻게 이런 사람이 야구단 단장을 할 수 있는 거지? 메이저리그는 최고의 야구 리그이며, 야구에 본격적으로 관심을 가지고 있는 사람이라면 모를 수가 없다. 애초에 서나리는 자기가 지금까지 한 말을 하현승이 이해하기는 했는지 의심스럽다. 물론 서나리의 의심은 정확하다. 하현승은 서나리가 한 말의 대부분을 이해하지 못하고 있으니까.

하현승은 모른다. 무언가 서나리가 대단했다는 것만 알겠다. 그런데 아이러니하게도, 그것이 자존심이 상한다. 어쨌든 하현승도 펭귄스의 야구를 본다. 그런데 이렇게 작은 여자가 남자들의 세계인 스포츠에 대해 이렇게 잘 알고 있다는 것이 뭔가 기분 나쁘다. 서나리의 당당한 태도조차 하현승 본인의 쇠락한 처지를 조롱하는 것 같다. 물론 서나리에게 그런 의도는 당연히 없다. 그것은 순전히 하현승 본인의 문제다.

하현승은 서나리가 한 말이 아무것도 아니라는 듯이 억지로 다리를 꼰 후, 잠시 단장실을 둘러본 다음 말한다.

"좋아요. 이력이 아주 대단하군요. 그런데 그게 우리 구단이랑 색깔이 맞을까 모르겠네. 우리 목적이랑 어울릴지도 모르겠고."

"현재 펭귄스의 목적이 정확히 무엇입니까?"

"우승이죠. 스포츠 팀이라면 당연히 우승을 해야 하는 거 아닌가?”

서나리는 비틀린 웃음을 지으려고 하는 입술을 애써 진정시킨다. 그녀는 말한다.

“현실적으로는… 일단 팀을 팀답게 만드는 게 먼저일 것 같은데요. 지금 10년 넘게 하위권을 전전하는 상태라….”

하현승의 표정이 일그러진다. 사실 하현승도 올해 펭귄스 우승이 말도 안 된다는 것쯤이야 상식적으로 알고 있다. 그것은 물이 축축하다는 말만큼이나 당연한 이치이다.

그는 어깨를 곧게 편다. 갑자기 몸이 커진듯한 느낌이다. 동시에, 그는 맹수 같은 목소리로 말한다. 이제까지 협상에서 유용하게 써왔던 방식이다.

“지금 우리 구단을 무시하는 겁니까?”

“단장님. 제 말을 들어보세요.”

서나리는 차분하게 말한다. 하현승은 서나리를 살짝 노려본다. 서나리는 말을 잇는다.

“야구는 한 해만 하는 스포츠가 아닙니다. 구단은 수십 년, 메이저리그에서는 100년이 넘는 역사를 쌓아가고요. 그중에서 우승하는 해도 있고, 꼴등을 하는 해도 있습니다. 중요한 건 밑바닥을 헤매는 시기는 최대한 줄이고, 위에 있는 시기는 최대한 늘리는 겁니다.”

“말이야 누구나 할 수 있지.”

"네. 어려운 일입니다. 하지만 그것이 구단이 하는 일이고요."

"메이저리그에서 일한 것 아니에요? 한국 야구를 잘 아는 것처럼 말하네요?"

하현승이 코웃음을 친다. 서나리는 당연하다는 듯이 말한다.

"야구에 대해서만큼은 자신 있습니다."

서나리에게서 어떤 패기의 아우라가 뿜어져 나오는 듯하다. 하현승은 내심 깔보고 있던 그녀의 작은 체구를 잠시 잊는다. 하현승은 침묵하다가 말한다.

"그래서, 이 팀에서 하고 싶은 게 뭔데요?"

"지금이야말로 펭귄스에는 진짜 구단 운영 전문가가 필요합니다. 저만 한 적임자는 없을 겁니다. 제게 선수단과 코칭 스테프 관리 권한을 주신다면, 후회하지 않으실 겁니다."

서나리는 말을 마친다. 사실상 야구단 운영의 전권을 달라는 말이다. 하현승은 권력에 대해 동물적인 감각을 가지고 있다. 과연 괜찮은 것일까?

"오늘은 여기까지 하시죠. 가보셔도 좋습니다."

서나리는 일어나서 정중히 고개를 끄덕이고는 단장실 밖으로 천천히 걸어 나간다. 하현승은 그녀의 뒷모습에서 눈길을 떼지 못한다.

오후 다섯 시. 서나리를 제하고도 네 명의 사람을 더 만난 하현승은 일찍이 회사를 나선다. 다른 네 명의 사람들은 조금 더 하현승에게 익숙한 인간들로, 다른 구단에서 일해보았거나 코칭스태프를 하던 사람들이었다. 하현승은 그들의 이력서를 읽을 수 있었고, 그들이 했던 일을 이해할 수도 있었다. 다들 한가락 했고, 충분히 능력도 있는 사람들이다. 전문적 능력은⋯ 어쩌면 서나리에 비해 부족하겠지만. 모르겠다. 하현승이 그들의 전문성에 어떻게 점수를 매기겠나. 하지만 하현승은 서나리를 봤을 때 어떤 느낌이 왔다.

하지만 다른 이들은 한국 야구를 아는 사람들 아닌가. 미국 야구와 한국 야구는 다른 것이다. 하현승은 서나리의 한국어 억양을 생각해 본다. 딱히 흠잡을 데 없지만, 조금 자세히 듣는다면, 무언가 이질감이 느껴진다. 언어는 생물처럼 변하는 것이고, 따라서 미국에 오래 살았던 서나리의 억양은 15년 전 사용되던 한국어에 고정되어 있다. 하현승은 그런 사람이, 그것도 여자가 한국의 스포츠 선수들을 잘 다룰 수 있을지 의심스럽다.

아니, 의심이라고 말하면 거짓말일 것이다. 하현승은 서나리라는 사람을 믿을 수 없다.

주차장으로 걸어가서 차에 타기 전에, 하현승은 회사 앞의 흡연 구역(이라고 쓰여있진 않지만, 사실상 공공연히 그렇게 받아들여지고 있는 구역)으로 먼저 향한다. 하현승은 예쁘장하게 포장된 전자담배를 꺼내 든다. 편의점에서 살 수 있는 딸기 향 전자 담배다. 어릴 때부터 도저히 담배 냄새를 견디지 못했던 그에게 이 딸기 향 전자담배는 아주 훌륭한 스트레스 해소제가 되고 있다. 흡연 구역에서 그를 알아보는 옛 부서의 사람들 몇몇이 일찍이 담배를 끄고 자리를 떠난다. 흡연 구역이 텅 비어 있다.

약간 멋쩍은 기분으로 전자담배를 입에 문 하현승은 주위를 둘러본다. 그러다 벤치에 앉아서 멘솔을 피우고 있는 20대로 보이는 여자 한 명이 그의 눈에 들어온다. 하현승에게 너무나 익숙한 모습이다. 담배를 피우고 있는 것만 제외한다면 말이다. 하현승은 잠시 현실을 부정하려 노력한 다음, 버럭 소리를 지른다.

"하유미!"

여자가 깜짝 놀란 얼굴로 하현승을 바라본다. 그녀의 동공이 더욱 커다래진다. 하유미는 재빨리 담배를 땅에 버리고 발로 비벼 끈다. 의미 없는 일이라는 걸 알고 있으면서도.

"아… 아빠?"

하현승이 하유미에게 다가간다.

"너, 담배 피우냐? 아니, 여기는 왜 온 거야?"

하유미는 하현승이 쥐고 있는 딸기 향 담배를 본다. 그녀는 애써 말을 돌린다.

"아, 아빠는 무슨 아저씨가 그런 걸 피워?"

"아빠 화나게 할래? 언제부터 피웠어?"

"그게… 좀 됐어. 아마도 수능 치고… 아니, 아니. 내가 이런 걸 왜 말하고 있지."

말 그대로 눈에 넣어도 아프지 않을 딸이 6년 전부터 담배를 피우고 있었다는 사실, 즉 성인이 된 이후로 항상 담배를 피웠다는 생각을 하자 하현승은 독한 담배를 피운 것처럼 머리가 띵해진다. 그 틈을 놓치지 않고 하유미는 하현승에게 역습을 가한다.

"아빠는 내가 왜 여기 있는지도 몰라?!"

"네가 여기 왜 있냐? 설명을 해봐라."

하유미는 답답하다는 듯 자기 가슴을 치면서 말한다.

"아빠! 나 펭귄스 인턴이잖아!"

"뭐라고?"

"아빠는 무슨 단장이 그것도 몰라? 아니, 가족이잖아. 지난 몇 달간 출퇴근했는데!"

하현승은 부끄러운 듯 살짝 고개를 돌린다.

"나는… 그동안 일이 바빠서… 아니, 말을 했어야지."

"무슨 말을 할 수가 있나. 집에만 오면 풀이 죽어가지고 자기 방에서 음악만 들으면서."

틀린 말은 아니다. 사고가 일어나고 커리어가 흔들대기 시작하면서 하현승은 집에 들어가면 가족 얼굴도 제대로 보지 않았다. 그는 서재에 처박혀 위스키를 마시고 음악을 듣는 데 모든 시간을 다 썼다. 하현승은 자신의 아내와 딸, 그리고 직업이 인생에서 제일 소중하다고 믿었다. 그런데 직업이 위기를 맞자, 자신의 가장 소중한 또 다른 편에도 소홀해지고 있었던 것이다. 그것을 이렇게 뒤늦게 깨달은 하현승이 한숨을 쉬고는 말한다.

"됐고, 집에나 가자….."

"그래, 그래. 가서 같이 야구나 보자, 아빠. 잘됐네."

하현승은 완전히 힘이 빠진 것처럼 보이지만, 하유미는 어쨌든 위기를 잠시나마 회피한 것에 성공했다는 것이 기쁘다. 하유미는 축 처져 걷는 중년의 임원 뒤를 명랑하게 따라간다. 그러다가 하현승이 고개를 돌리고 말한다.

"그건 그렇고, 너 또 담배 피우다 걸리면, 알지?"

이제는 중년과 청년 모두 축 처진 채로 걷는다.

부녀가 아파트 단지 안으로 들어온다. 오랜만에 아빠와 대화 비슷한 것을 하게 된 하유미가 묻는다.

"아빠는 내가 야구 좋아하는 거 몰랐어?"

하현승은 하유미가 종종 남색 펭귄스 유니폼을 입고 돌아다니던 것을 기억한다.

"좋아하는 건 알았지. 그런데 일을 할 정도인지는 몰랐네. 어쩌다가? 우리 집에 야구 보는 사람도 없는데."

아버지의 말을 듣고 하유미는 기억들을 떠올린다.

하유미는 대학 시절 사귀던 남자친구를 뒤따라 야구장에 갔다. 그 남자애는 신나는 데이트 코스 중 하나로 생각했던 모양이지만, 하유미는 금방 야구 자체의 촘촘한 전술과 타격에서 오는 순간적인 힘의 폭발에 매료되었다. 야구는 대단히 재미있는 스포츠였다. 확실히.

그 남자친구와는 3개월 만에 헤어졌다. 서로 별로 좋은 기억도 나쁜 기억도 없었다. 아니 없었던 것 같다. 이제 얼굴도 잘 기억 안 나는 그대여, 안녕히!

하지만 그와 헤어진 후에도 야구에 대한 애정은 계속 남았다. 하유미가 선택한 팀은 펭귄스였다. 그게 수렁으로 들어가는 일이라는 걸 그녀는 몰랐다.

"아빠 회사가 야구단을 하니까 좋아하게 된 거지."

하유미는 과거를 적절하게 편집하여, 아직도 자신이 열아홉인 줄 아는 아빠 하현승에게 답한다. 하현승은 그 답변에서 소거된 여러 맥락에 대해 상상할 줄 모른다. 그저 그 답변을 완전한 사실로 받아들인다. 뭐, 물론 사실이란 다면적인 것이다.

"21세기에 가을 야구 한번 못 간 팀 경기를 무슨 재미로 보나."

하현승은 질문하며 탄식한다.

"그러니까!"

하유미는 정말 오랜만에 자기 아버지와 대화가 통하는 기분이 든다. 하유미는 소파에 앉아서 TV를 켠다. 이제 막 경기가 시작될 참이다. 하유미는 하현승을 바라보고는 비장하게 말한다.

"아빠가 이 팀을 살려야 한다는 거야. 1990년대의 그 모습으로!"

"1990년대? 그때 팀이 어땠는데?"

"아빠는 박정승이랑 심대현도 몰라?"

하현승은 1990년대에 펭귄스 야구단이 어땠는지 모른다. 정확히는, 그때 구단주였던 천용희의 아버지가 펭귄스에 깊은 관심을 쏟았던 것 정도만 안다. 그때는 야구단 단장이 사장단 회의에서도 꽤 높은 자리에 앉았다고 한다.

"모르지."

"단장이 팀의 레전드를 모르네."

하현승은 나름대로 일주일 동안 연구한 팀의 역사에 대한 기억을 더듬는다.

"영구결번 목록에는 없었던 것 같은데….”

하유미는 콧방귀를 뀐다.

"나 좀 씻고 올 테니까, 같이 야구 보자. 맨날 그렇게 방에 박혀 있지 말고.”

그러고서 하유미는 화장실로 들어간다. 하현승은 양복 차림으로 멍하니 소파에 앉아 있다. 그는 야구 중계에 뜨는 선발 라인업의 이름들을 보며, 천천히 자신이 외운 사람들이 맞는지 확인해 본다. 정영우, 정영우가 7번이군. 분명히 저런 이름이 서류철에 있었지. 감독 이름은 유진성이고…. 유진성만큼은 하현승도 잘 기억하고 있다.

곽동근이라는 이름의 노인 한 명이 유진성 감독을 데려와야 한다고 구장에서 빌딩까지 삼보일배를 한 적이 있으니까. 야구를 모르는 사람들에게도 이슈가 될 만큼 큰 사건이었고, 천용희가 그때 야구단에 처음으로 개입했다. 그러나 우승청부사라고 불리던 그 70대의 감독이 들어와서도 펭귄스의 성적은 그저 그랬다. 아니, 별로였다.

캐스터가 경기의 시작을 알리고 얼마 지나지 않아 트레이닝복을 입은 하유미가 거실로 돌아온다. 하유미는 아직도 양복 차림 그대로인 하현승을 보고 질색하지만, 가족으로 수십 년을 살면서 같은 수준의 청결함을 요구하는 것이 얼마나 헛된 일인지 알고 있다.

✳ ✳ ✳

펭귄스는 지금 플래티퍼스와 경기를 벌이고 있다. 이번에 야구단 단장이 되면서 하현승은 오리너구리가 영어로 'Platypus'인 것을 처음 알았다. 플래티퍼스는 현재 꼴등으로, 순위표 맨 밑바닥에 처박혀 있다. 한 번의 승리는 0.5게임 차로 계산된다. 플래티퍼스가 펭귄스보다 세 경기 더 패배했으니, 두 팀은 정확히 3게임 차이다. 그 정도면 라이벌이라고도 할 수 있을 것이다. 얼음지옥에 있느냐, 불지옥에 있느냐 정도의 차이가 있는 라이벌.

펭귄스는 시작하자마자 2점을 내준다. 하현승은 스스로 야구의 규칙을 대충은 알고 있다고 생각하기에 그 모습이 답답하다. 하현승은 딸의 표정을 슬쩍 곁눈질한다. 그녀는 무표정하다. 팀이 실점할 때도, 득점의 기회를 아깝게 놓칠 때도 표정 변화가 없다. 하현승은 그런 딸의 모습이 무언가 조마조마해 한마디를 건넨다.

"이야, 잘 안된다. 그렇지?"

하유미는 굉장히 무심한 목소리로 말한다.

"오늘 저쪽 투수 완전 긁혔네. 스위퍼가 완전 마구인데."

하현승은 하유미가 한 말이 무슨 뜻인지 이해되지 않는다. 그때 펭귄스 타자 한 명이 힘없이 공을 치고 쓸쓸히 더그아

웃으로 돌아가는 모습이 보인다. 하현승은 그 타자의 이름을
마침 기억하고 있다. 정영우다. 저런 열정 없는 모습이라니.
하현승은 도저히 받아들일 수가 없다.

"정영우 저건 뭐야? 뭐 치자마자 돌아가고 있어. 적어도 열
심히 뛰는 시늉은 해야지. 프로선수라는 사람이 말이야."

하유미는 하현승에게 고개를 돌린다. 그녀는 그를 물끄러
미 바라본다. 그 순간 하현승은 딸에게서 전혀 예상치 못한
폭력적인 감정을 느낀다. 그것은 경멸이다.

"무슨 소리야. 아빠, 인필드 플라이잖아."

"…?"

"아빠는 야구단 단장이 인필드 플라이도 몰라?"

하현승은 잠시 하유미와 눈빛을 교환한다. 하현승은 흠잡
을 데 없어 보이는 사랑스러운 딸의 얼굴에서 생각지도 못했
던 한 사람을 떠올린다. 중학교 시절 그토록 엄했던 수학 교
사다. 하유미는 천천히, 차분하게 말하기 시작한다.

"아빠. 저 상황에서 타자는 자동 아웃이야. 굳이 뛸 필요가
없다고. 정영우같이 나이 든 선수면 괜히 뛰었다가 부상 위
험만 생기지. 정영우가 잘 친 건 절대 아니지만…."

그리고 하유미는 규칙을 설명하기 시작한다. 인필드 플라
이, 안 그래도 복잡한 야구의 규칙 중에서 특히 난해한 특수
룰이다. 하현승은 몇 번이나 하유미에게 되물은 다음에야 왜

그런 인위적인 규칙이 생겼는지 이해한다. 아니, 이해했다고 생각한다.

"이러면 어떡해, 아빠. 팀을 살려야 하잖아."

"아빠도 노력은 하고 있다."

하현승은 얼굴이 살짝 붉게 물들어서는 말한다. 하현승은 분명히 하유미의 기운에 짓눌려 있다. 하현승은 전에도 이랬던 적이 있는지 잘 모르겠다. 하유미와 어느 정도 격의 없는 부녀 관계를 형성하고 있다고 하현승은 생각한다.

하지만 둘의 관계에는 명백한 위계질서가 존재한다. 평소 하현승은 하유미를 옥죈다. 그런데 지금 야구라는 주제에서 하현승의 가부장적 권위는 하유미의 기세에 속수무책이다. 하유미는 하현승을 신문한다.

"무슨 노력을 했는데?"

"그러니까 이런저런…."

"야구를 이렇게 모르는데 어떻게 노력을 해?"

"그래. 나도 야구는 잘 모른다. 하지만 결국 리더의 역할이라는 것이 좋은 아랫사람들을 쓰는 것 아니겠니? 그래서 괜찮은 사람들을 조직에 모으려고 하고 있다."

"진짜로?"

"아빠 열심히 하는 사람이야. 너도 잘 알잖니. 나는 잘해보고 싶다."

하현승은 고개를 끄덕인다. 하현승은 이 펭귄스라는 지옥 불구덩이에서 한시바삐 탈출하고 싶다. 당당히 다시 일어날 수 있다는 것을 모두에게 보여주고 말 것이다. 물론 그런 말까지 딸 앞에서 할 수는 없지만.

"오늘도 몇 사람 면접 봤다."

"뭐 하는 사람들인데?"

하현승은 여러 사람들의 이름을 말한다. 한때 유명했던 감독, 코치, 선수. 뭐, 그런 사람들. 비록 한때는 대단했지만, 요즘 야구와 맞을지 알 수는 없는 사람들. 하유미는 한숨을 쉰다.

"진짜 단 한 명도 예상에서 빗나가는 사람이 없네. 신기하다. 그런 레전드들은 그냥 레전드로 있게 두는 게 좋지 않을까."

하유미가 핀잔을 주자 하현승이 말한다.

"너는 도대체 야구를 얼마나 보는 거냐? 네가 태어나기 전에 활동하던 사람도 있는데."

"나 정도면 라이트 팬이지. 그 사람들이 너무 유명한 거고, 아빠가 야알못인 거야!"

"야알못?"

"야구를 잘 알지 못하는 사람이라고. 인필드 플라이도 모르면서 무슨⋯ 하이고."

하현승은 그제야 자기가 잊어버리고 있던 사람 하나를 떠올린다.

"아냐, 면접 본 사람 중에 진짜 전문가도 있었어."

"에? 누군데?"

하유미는 전혀 믿을 수 없다는 표정으로 말한다.

"휴스턴 애스트로스에서 온 사람이야."

"뭐라고? 휴스턴 애스트로스?"

하유미의 눈이 호기심으로 동그래진다.

"그래. 스탠퍼드에서 무슨… 무슨 바이오 메카닉 박사를 하고 거기서 일했다는데. 논문 내용이 관절에 토크를 주는 거였나? 잘 기억이 안 나네. 학력이 좋아서 면접을 보긴 했다마는…."

"학력을 떠나서 그 정도 커리어라면 더 잘 알아보면 좋지 않아?"

하현승이 웃으면서 고개를 젓는다. 하현승은 서나리의 작은 체구를 생각한다.

"나는 구단 전체를 관리할 만한 사람을 찾는데, 무슨 여자가 스포츠 구단을 관리하겠니. 선수들이 그 사람 말을 듣기나 할까."

하현승의 말을 듣자마자, 하유미는 왜 자신에게 야구를 가르쳐 준 남자애와 헤어졌는지 그 이유가 번개처럼 떠올랐다.

그 남자애는 생각보다 훨씬 더 야구에 깊게 빠진 하유미를 보고 얼빠라고 놀렸다. 얼빠. 야구는 잘 알지도 못하면서 야구선수들 얼굴만 보고 경기장을 쫓아다니는 빠순이라고. 진짜 야구팬이 아니라 야구를 아이돌 문화처럼 즐기고 있다고, 가짜 팬이라고 비웃던 그 말. 아예 잊었다고 생각했는데 바로 이 순간, 마치 손에라도 잡힐 것처럼 하유미는 그 기억이 생생하게 떠오른다.

처음엔 그 말을 그냥 웃어넘겼지만, 왠지 생각하면 생각할수록 기분이 나빴다. 하유미는 야구라는 스포츠를 진심으로 좋아하는데, 직업도 그쪽으로 가지고 싶은데, 얼빠라는 말이 자신의 열정을 조롱하는 것만 같았다. 그리고 실제로 얼빠라고 해도 뭐 어쩌란 말인가? 야구팬이면 다 같은 팬이지, 야구선수들이 멋있어서 유니폼을 사든 야구가 재밌어서 유니폼을 사든 그게 대체 무슨 차이가 있나? 아니 자기는 인필드 플라이가 뭔지는 아나?

그래서 며칠이 지나 하유미는 그 남자애한테 사과하라고 말했다. 남자애는 자기가 하유미를 얼빠라고 놀렸던 것도 이미 잊은 채였다. 하유미는 그 사실이 너무도 불쾌했다. 그리고 둘은 곧바로 헤어졌다. 남자애는 이별 선고를 받은 직후에도, 자신이 무언가 다른 것을 잘못했고 얼빠라고 놀린 것은 일종의 핑곗거리라고 생각했다.

하유미는 정색하면서 하현승에게 말한다.

"아빠. 남자가 뛴다고 해도, 여자가 구단 운영을 잘할 수도 있지. 그거랑 그거는 별개지. 무슨 그런 시대에 뒤떨어진 말을 해. 회사에서 함부로 그런 말 했다간…."

아직 사태의 심각성을 이해하지 못한 하현승이 웃으면서 손을 젓는다. 역시 아직 딸이 어리다는 자신의 믿음이 틀리지 않았다고 생각하며 그는 인자한 아버지처럼 말한다.

"유미야, 그건 네가 아직 어려서 그런 거고. 물론 요즘 시대가 어떤 시대인지는 안다. 아빠가 건설사에 있을 때도 여자들 많이 들어왔고. 그런데 스포츠는 조금 또 다르잖니."

"아빠는 인필드 플라이가 뭔지도 모르잖아?!"

하유미가 소리를 지른다. 하현승은 예상외의 격렬한 반응에 놀란다. 하유미가 하현승에게 이렇게 격한 감정 표현을 보인 것은 중학교 시절 이후 처음이다. 하현승은 그 순간 가장 나쁜 반응을 보인다.

"이게 어디 아빠한테…."

하유미가 일어선다. 하유미는 지금 자기가 하는 행동이 아빠와 자기 사이에 설정해 둔 세상의 경계를 부수는 일이라는 것을 잘 안다. 그 경계에 서로 만족하고 있으니, 평소라면 결코 하지 않았을 일이다. 하지만 하유미는 이 순간만큼은 할 말을 해야겠다고 마음먹는다.

"왜? 내 말이 틀려? 아빠는 야구에 전혀 관심 없었잖아. 어쩔 수 없이 하는 거잖아. 잘해보고 싶다며? 잘해보고 싶은데 왜 변화할 생각은 안 해? 그게 노력하는 거 맞아?"

하현승은 콧김을 뿜으면서 잠자코 하유미의 말을 듣는다. 그가 한창 잘나가던 시절에 어린 사원들에게 했던 말과 레퍼토리가 비슷하다. 사실 하유미도 하현승에게 그런 말을 자주 들었기 때문에 그 말을 자기도 모르게 똑같이 하현승에게 돌려주고 있는 것이다. 하현승은 납득할 수밖에 없다. 그것이 그의 가치관이기 때문에.

그 와중에 텔레비전에서는 펭귄스가 플래티퍼스에게 5:0으로 패배했다는 캐스터의 말소리가 흘러나오고 있다. 카메라는 노감독 유진성의 얼굴을 비춘다. 아름다운 밤의 풍경이다.

＊＊＊

서나리는 침대에 누워 있다. 커튼의 틈으로 정오의 햇빛이 쏟아진다. 시차 적응을 위해 먹었던 수면유도제의 효과가 생각보다 너무 강하다. 약간의 현기증을 느끼며 침대 헤드에 기댄 그녀는 어젯밤 헨릭과 나눈 이야기를 떠올린다. 헨릭은 여전히 서나리에게 미련이 남아 있는 듯하다. 그는 열심히 서나리를 말렸다. 한국 리그에서 일해봐야 페이도 끔찍할 것이고, 커리어도 멈춰버릴 것이라고. 그리고 야구를 그렇게 사랑하는 사람이 수준이 더 낮은 리그로 가는 것 자체가 이상하지 않냐고.

어느 정도는, 아니 대부분은 맞는 말이었다. 메이저리그에 도는 돈은 한국과는 단위 자체가 다르다. 원화로 치면 조 단위의 돈을 벌어가는 선수도 드물지 않다. 미식축구 팬들이 항변할 수도 있겠으나 결국 야구는 미국의 스포츠이며, 미국의 스포츠는 야구다. 가장 우수한 선수들만이 뛰는 최고의 리그. 그러니 메이저리그의 우승 팀을 결정짓는 경기에 월드시리즈라는 오만한 이름이 붙는 것이다.

서나리가 휴스턴 애스트로스에서 계속 일했으면 선수들의 퍼포먼스를 관리하며 훨씬 더 많은 돈을 벌어들일 수 있었을 것이다. 더할 나위 없이 훌륭한 선수들의 재능에 일조하는 것도 서나리의 큰 기쁨이기도 했다. 그리고 결심만 한다면 지금이라도 다시 돌아갈 수 있을 것이다. 이제 서나리는 어제의 그 면접을 회상한다. 자기가 하는 말은 단 한마디도 못 알아듣는 것 같던 꼬장꼬장한 중년 단장의 얼굴. 그리고 어제 보았던 펭귄스의 경기도 기억한다. 그건 정말 끔찍했다. 야구라기보다는 풍자적인 엔터테인먼트 쇼 같았다. 아니면 공 하나를 가지고 하는 이상한 슬랩스틱.

물론 야구는 어려운 스포츠다. 인간이 그 작은 공을 시속 140km가 넘는 속도로 던지고, 그것을 또 치고, 글러브로 잡아내는 것까지 전부 하나의 묘기라고 할만하다. 프로와 아마추어 사이의 간극이 그토록 넓은 것도 그 때문이다. 그리고 서나리는 어제 펭귄스의 경기를 보면서 메이저리그와 펭귄스의 간극이 프로와 아마추어만큼이나 크다고 생각했다.

지금이라도 돌아갈까. 서나리는 생각한다. 그때 휴대폰이 울린다. 서나리는 전화기에 떠 있는 번호를 정확히 확인하지도 않고 받는다.

"Henrik, I(헨릭, 나는)⋯."

"여보세요."

휴대폰 너머로 예상치 못한 목소리가 들려온다. 어제 그 단장의 목소리다. 서나리는 놀랍다.

"아, 안녕하세요."

"어젠 잘 들어갔습니까? 제대로 배웅을 못 해줘서."

"아, 네."

서나리는 약간의 경계심을 느끼면서 답한다.

"나는 야구는 거의 몰라요. 뭐가 안타고 뭐가 볼넷인지 아는 수준이지. 아, 인필드 플라이도 이제 뭔지 알아요."

"그러시군요."

서나리는 그럴 줄 알았다고 하현승을 도발하지는 않는다. 하현승이 말한다.

"그래서 어제 질문을 제대로 하지 못했어요. 너무 전문적인 말을 해서. 그건 인정할게요. 몇 가지 질문만 더 해도 되겠습니까?"

하현승의 허심탄회한 말투에 서나리는 의아하다. 그녀는 답한다.

"네. 물론입니다."

"왜 메이저리그 일을 하다가 한국으로 온 거죠? 보상은 거기가 훨씬 좋았을 텐데요."

어제 헨릭에게 받았던 그 질문이다. 서나리는 잠시 망설이다가 답한다.

"보상이 조금 적더라도… 좀 더 큰일을 해보고 싶었습니다."

"큰일이요?"

"예. 미국에서 하던 일은 선수들의 신체를 최적으로 사용할 수 있도록 돕는 일이었죠. 그것도 아주 중요한 일입니다. 그렇지만 저는 좀 더 총체적인 구단 전략을 세워보고 싶습니다. 그게 제 목표이기도 했고요. 펭귄스에서 그 목표를 실현할 수 있을 거라고 생각했습니다."

"그렇다면 서나리 씨가 생각하고 있는 전략은 뭡니까? 예를 들면, 올해 펭귄스를 우승시킬 방법이 있나요?"

서나리는 그 문제에 대해서는 단호하다.

"없습니다."

"조금 더 순위를 올리는 것도?"

"아니요, 단장님."

서나리는 명랑한 기분으로 말을 잇는다.

"지금 구단은, 꼴등을 두 번 정도 더 할 각오를 다져야 합니다. 이변 없는 꼴등이요."

왼손 파이어볼러는
지옥에 가서라도
데려와야 한다

월요일이다. 정규시즌 중에 유일하게 야구 경기가 없는 요일. 시즌 중 야구선수들에게 완전한 휴식이 보장되는 귀중한 시간이다. 바로 그 귀중한 시간에 정영우는 야구장 그라운드에 엎드려서 숨을 몰아쉬고 있다.

펭귄스의 노감독 유진성에게 휴일 따위는 없다. 70을 넘긴 노감독에게 있어 훈련은 절대적으로 중요한 것이다. 더 많은 훈련이 더 좋은 성적을 보장한다는 그 철학에 감히 맞설 수 있는 선수는 아무도 없다. 애초에 팬들도 선수들이 굴러다니는 사진을 보는 걸 좋아한다. 어찌 보면 그 환호는 약간, 아니 퍽 사디스트적이다.

정영우의 옆으로 야구공들이 여럿 굴러다닌다. 정영우의 관자놀이에서 흘러내린 땀이 잔디 위로 떨어져 무지갯빛으로 반짝인다. 정영우는 천천히 숨을 가눈다. 30초마다 무작위로 공이 날아오고 온몸을 던져 공을 받아야 하는 수비 훈련은 경기를 뛰는 것보다 힘들게 느껴진다. 정영우는 몸을 굴려 하늘을 바라본다. 구름 한 점 없는 시퍼런 하늘이 보인다.

조금씩 육체의 괴로움이 가신다. 그러나 정영우는 기쁘지 않다. 육체의 괴로움이 가시면서, 잊고 있던 정신적 고뇌가 마음속에 다시 한번 찾아오기 시작한다. 육체적 고통과 정신적 고뇌, 둘 중 어느 쪽이 그나마 더 버티기 쉬운 것인지 정영우는 알 수 없다.

"자, 30분 휴식."

그동안 선수들을 위해 직접 공을 치고 있던 유진성이 말한다. 정영우는 유진성을 간절한 눈으로 바라보다가 천천히 그가 있는 쪽으로 걸어가 입을 연다.

"감독님."

"응?"

"말씀드리고 싶은 게 있어서…."

"어, 말해."

유진성은 아무렇지도 않은 듯 말한다.

"저, 감독실에서 말씀드릴 수 있을까요?"

　평소보다 더 주눅 들어 보이는 정영우를 보고, 유진성의 얼굴 주름이 살짝 일그러진다. 정영우는 그것이 정확히 어떤 표정인지 해석할 수가 없다.

　둘은 로커 룸 옆에 있는 감독실로 들어간다. 구장 실내는 시원하다. 차가운 바람을 맞자 정영우의 땀이 빠르게 식는다. 정영우는 이 더운 날에 노장이 직접 훈련을 지도한다는 것이 새삼 신기하다. 구시대적인 야구관을 가지고 있다는 비난도 자자하지만, 유진성의 카리스마를 부정하기는 힘들다. 그렇기에 그를 데려오고자 삼보일배를 하는 팬도 나타난 거고.

　유진성이 의자에 앉아 팔짱을 끼고 살짝 뒤로 몸을 젖힌다.

"그래, 뭔데."

"저, 그게, 음⋯."

　정영우의 입에서 단어가 차마 나오지 못하고 맴돈다. 머릿속으로 수십 번은 시뮬레이션해 본 상황이지만, 역시 현실은 다르다. 유진성이 재촉한다.

"뭔데, 빨리 말해봐."

　정영우는 고개를 살짝 숙이고는 말한다.

"이번 시즌에, 어."

　정영우는 말을 더듬는다. 입 밖으로 꺼내기 어려운 이야기다.

"슬슬 은퇴할까 합니다."

유진성의 표정이 굳는다.

"뭐라고? 네가 왜 벌써 은퇴해."

"14년 동안 뛰기도 했고… 몸이 슬슬 받쳐주지 않는 것 같습니다. 성적이 떨어진다는 것도 느껴지고요."

"네가 없으면 내야 수비 백업은 누가 하는데? 대안은 있어?"

"감독님, 2군에도 좋은 선수들이 있지 않습니까. 제가 후배 자리를 빼앗고 있다는 느낌이 듭니다."

유진성이 고개를 젓는다. 정영우는 유진성의 성향을 알고 있다. 유진성은 나이 든 선수들을 극도로 선호한다. 바꿔 말하자면, 그는 어린 선수들을 키워내는 것이 서툴다. 라인업을 짤 때도 야구 자체에 익숙해 비교적 실수가 적은 고참 선수 위주로 쓰는 것을 선호한다. 유진성이 감독으로 있던 팀들은 그동안 여러 번 우승했는데, 그 우승은 전부 나이 많은 선수들이 이끌었다. 아마 그 기억이 감독의 성향을 만들었을 것이다.

하지만 유진성이 한때 우승을 이끌었던 팀의 노장 선수들과 펭귄스의 노장 선수들은 다르다. 정영우를 비롯해서 펭귄스에는 나이 든 선수들이 꽤 많이 있다. 하지만 그 선수들은 연륜이 깊다기보다는 그냥 나이만 많다. 대부분이 다른 야구 팀이라면 진작에 방출되었을 성적을 내고 있다. 그들이 펭귄스에서 선수 생활을 계속할 수 있는 이유는 구단의 관성 때문이다. 구단 사람들 모두가 펭귄스의 성적에 관심이 없다. 밑에서 맴돌고만 있어도 어차피 돈은 나오는데, 무슨 상관이란 말인가?

이 문제는 유진성이 젊은 선수를 써볼 의지가 전혀 없다는 것과 아름다운 조화를 이룬다. 유진성은 나이 든 선수들의 성적이 나쁜 것은 그저 훈련의 문제일 뿐이라고 생각한다. 노감독이 썼을 때 꽤 자주 먹혀들었던 전략을 바꾸라고 강요하는 건, 어찌 보면 가혹한 일일 수도 있다. 그렇게 문제점 하나하나가 얽혀 도저히 풀 수 없는 매듭을 만들었다. 총체적 난국이라고 할 수도 있을 것이다. 하루이틀 야구 밥을 먹은 것이 아닌 정영우도 이 문제를 알고 있다. 그리고 이 총체적 난국에서 탈출하는 것조차 쉽지 않다. 정적이 감돈다.

그때 감독실에 노크 소리가 울린다. 유진성은 말한다.

"어, 들어와."

문이 열린다. 전혀 예상하지 못한 인물이 거기 서 있다. 작은 체구의 여자다. 이 시간에 경기장에서 보기 힘든 사람이다. 정영우는 유진성의 눈치를 본다. 유진성도 당황한 것처럼 보인다.

여자는 꾸벅 인사하고는 둘에게 걸어온다.

"펭귄스 전략운영팀장을 맡게 된 서나리입니다. 감독님, 이렇게 뵙네요. 앞에 계신 분은 정영우 선수시죠?"

정영우가 서나리의 말씨가 무언가 어색하다는 것을 느끼는 동안, 서나리가 정영우에게 명함을 건넨다. 정영우는 그 명함에 적혀 있는 단어를 확인한다. 전략운영팀장. 정영우는 처음에 이것이 어떤 기이한 종류의 사기가 아닐까 생각한다. 그러니까, 예를 들면, 유진성 감독을 따라다니는 팬들이 꽤 있다. 그 팬 중 한 명이 감독 얼굴을 보려고 구단 직원을 사칭하여 구장으로 침입한 것은 아닐까?

"취임한 지 얼마나 되셨다고 구장까지 찾아오시나."

유진성이 부루퉁한 얼굴로 말한다. 그녀의 존재를 이미 인지하고 있었던 듯하다. 그제야 정영우는 이 서나리라는 사람이 정말로 구단 관계자라는 사실을 알게 된다. 정영우는 전략운영팀장이라는 직위 자체를 처음 듣는다.

"구장까지 찾아와야죠. 선수들과 함께 호흡하는 게 구단 사람들 책임이고요."

정영우는 서나리의 무언가 어색하지만, 어떤 점이 어색한지 콕 짚을 수는 없는 억양을 곱씹어 본다. 외국에서 온 걸까?

"뭐, 서울에서 여기까지 와서 볼 게 뭐가 있다고."

잠시간 유진성과 서나리는 아무 말도 하지 않는다. 정영우는 그사이에 실제로 소름이 돋는 냉기를 느낀다. 침묵 속에서 펼쳐지는 신경전에 대한 정영우의 직감 비슷한 것이다. 두 사람은 절대로 친근하거나 협업하는 사이가 아니라고 정영우의 온 신경이 하나 되어 소리치고 있다. 왜 하필 지금 이런 분위기가 된 걸까.

"글쎄요. 그러고 보면 오늘은 쉬는 날이죠."

서나리가 말한다. 유진성은 고개를 끄덕인다. 서나리가 살짝 고개를 갸웃거리며 말한다.

"선수들 컨디션 관리가 필요하지 않을까요? 다들 꽤 피곤해 보이던데요."

"그게 무슨… 시즌 중인데. 언제든 경기에 나갈 태세가 되어 있어야지."

유진성의 말투에 본격적으로 불만이 묻어난다.

"쉴 땐 잘 쉬어줘야죠. 한 시즌에 144개의 경기를 하는 것이 야구 아닙니까? 장기 레이스에서는 페이스를 조절해야지요."

서나리는 차분하게 말하지만, 유진성은 코웃음을 친다.

"선수들 관리는 내가 하는 일인데. 당신이 이래라저래라 할 영역이 아니야."

"관리 권한이 감독님에게 있는 건 맞습니다. 하지만 구단에게도 권한이 있어요. 선수들 하나하나가 모두 구단의 소중한 자산입니다. 특히 이런 더운 날씨에는 쉬면서 최대한 세포 재생을…."

유진성이 고개를 젓고는 말을 끊는다. 비웃는 듯한 목소리로, 그는 말한다.

"야구는 잘 아시고?"

"한 달 전까지 휴스턴 애스트로스에서 일했습니다. 선수 퍼포먼스 분석가였고요. 운동 역학 박사입니다. 야구선수 신체에 대해서는 전문가라고 생각하셔도 좋습니다."

유진성과 정영우 모두 당혹스럽다. 야구판에 몸담은 이들에게 메이저리그라는 이름은 그 자체로 천상의 권위가 있다. 전 세계에서 모인 가장 훌륭한 선수들이 뛰는 리그. 메이저리그에서 단 한 경기만이라도 뛰어보는 것이 수많은 선수들의 꿈이다. 그래도 유진성에게는 여전히 서나리를 공격할 방법이 남아 있다.

"그래도 본인이 직접 뛰어보지는 못했을 텐데. 선수 출신은 아닐 거 아냐? 뭐, 소프트볼이라도 했니?"

정영우는 서나리의 눈치를 본다. 서나리는 입술을 살짝 깨물고 팔짱을 끼고 있다. 정영우는 쥐구멍에 들어가고 싶다. 유진성에게 은퇴를 이야기하는 것만으로도 충분히 고통스러울 거라고 생각하고 있었는데, 그런데 이건, 이건….

그때 서나리의 눈길이 정영우에게 닿는다. 그녀가 구원의 손길을 보낸다.

"잠시 나가 있으시겠어요?"

"아, 네."

기대해 마지않던 한마디다. 정영우는 번개처럼 밖으로 발길을 옮긴다. 그때 그의 등 뒤로 서나리의 목소리가 꽂힌다.

"정영우 씨."

"네."

정영우는 고개를 돌린다.

"필요한 거 있으면 명함에 있는 전화번호로 언제든 연락 주세요. 제가 구단 측이라고 생각하시면 됩니다."

서나리가 말한다. 정영우는 경련하듯 고개를 끄덕이고 빙하 지옥 같은 감독실을 나온다. 반가웠던 실내의 바람은 이제 시원하다기보다는 오히려 살갗을 에는듯하다.

정영우는 다시 그라운드로 나온다. 선수들이 그라운드 곳곳에 무질서하게 모여 있다. 펭귄스의 코칭스태프들도 제각기 주저앉아 있다. 전부 무지막지한 어깨를 가지고 있고 어느 정도 늙었다는 것을 제외하면, 남고 조례 시간의 모습과 크게 다르지 않다.

정영우는 자신과 가까운 고참들이 모여 있는 무리로 향한다. 그들은 정영우가 안에서 감독님과 무슨 이야기를 나눴는지 딱히 묻지 않는다. 그들은 그냥 사는 이야기를 나눈다. 가족과 연봉 그리고 요즘 눈에 띄는 다른 구단 선수의 이야기. 어디의 누군가는 그렇게 미국으로 가려고 애를 쓰는데 입찰에 응하는 구단이 있을지 모르겠다. 기자 한 명이 대놓고 자신을 욕하는 기사를 썼는데 이걸 뭐 어떻게 해야 하나. 육아 200일 차인데 월요일까지 훈련시키는 감독님이 너무하다 등등.

십 분.

이십 분. 삼십 분. 사십 분.

예정된 훈련 시작 시간이 한참 지나도 유진성이 나오지 않자, 사람들 사이에서는 작은 혼란이 일어난다. 그들 나름대로 훈련을 재개할 육체적, 정신적 각오를 다졌는데, 안에서 무슨 일이 일어난 거지? 유진성은 남들에게 엄격한 만큼 자신에게도 엄격한 사람인데.

정영우가 한마디 한다.

"구단에서 온 전략운영팀장이랑 이야기하느라 늦으시나 봐."

"전략운영팀장?"

정영우 옆에 있던 이상훈이 되묻는다. 그는 펭귄스에서 10년 동안 뛰고 있는 선수다. 정영우가 말을 덧붙인다.

"이번에 새로 구단에 취임한 사람이라는데, 뭐 하는 사람인지는 나도 잘 몰라."

정영우가 어깨를 으쓱인다. 코칭스태프들이 제각기 한마디씩 나눈다. 그들도 전략운영팀장이 들어왔다는 사실은 알지만, 그 이상은 잘 모르는 듯하다.

다시 오 분이 흐르고, 유진성이 일그러진 얼굴로 걸어 나온다. 그 옆에는 서나리가 태블릿을 든 채로 서 있다. 유진성의 표정과 예상치 못한 사람을 보고 선수들은 긴장한다. 딱히 명령도 없지만, 그들은 대열을 짜서 열중쉬어 자세를 취한다. 유진성이 그들을 한 번 훑어보고는 묻는다.

"너희들, 힘드냐?"

"아닙니다."

"정말인가요?"

옆에서 서나리가 말한다. 선수들의 얼굴이 서나리 쪽으로 향한다. 서나리가 태블릿을 살펴보고는 말한다.

"지금 기온이 섭씨 30.7도, 습도가 50%예요. 시간이 지나면 더 더워지고요. 이 날씨에서는 한 시간만 훈련해도 일사병 위험이 있어요. 여러분들 몸을 위해서라도 오늘 같은 날은 꼭 쉬어야 합니다."

선수들이 차마 술렁이지는 못하고, 서로 간에 시선을 교환한다. 저 여자는 뭐지? 어떻게 유진성 감독 옆에서 저런 말을 할 수 있지? 유진성이 고개를 젓는다.

"지금 팀 순위가 9원데, 애들이 쉴 자격이 있는 것 같아요?"

"운동선수에겐 충분한 휴식도 훈련입니다. 체력을 비축해 두어야 내일 경기도 잘하죠. 여러분, 들어가서 쉬세요."

선수들은 쭈뼛댄다. 그들의 열중쉬어 자세가 조금씩 흐트러진다. 하지만 감히 먼저 자리를 뜰 생각을 하는 선수는 없다. 서나리가 한 발 앞으로 나서서 자기 가슴에 손을 얹으며 말한다.

"펭귄스 전략운영팀장 서나리입니다. 저도 팀의 일원이니, 믿고 따라주세요."

유진성이 꿍한 표정을 짓고 있다가 억지로 말한다.

"됐다. 오늘은 여기까지 하자. 다들 돌아가서 내일 경기 준비해. 술 마시지 말고. 해산."

아직 정오도 되지 않았는데, 유진성이 벌써 들어가라는 말을 하자 다들 조금 당황스럽다. 그래도 휴식은 바라던 바다. 선수들이 즐거운 표정으로 로커 룸으로 몰려간다. 그 광경을 보고 있는 유진성의 표정은 사뭇 불만스럽다. 정영우는 그 불만을 생생하게 느낄 수 있다.

다음 날, 오후 여섯 시 이십 분이다. 십 분 뒤면 경기가 시작될 시간이지만 펭귄스 구단 사무실은 썰렁하다. 당연히 경기를 보는 것도 구단 직원의 업무에 속하지 않나 싶지만 그렇지는 않다. 일단 경기가 시작된 이상 승패는 선수들의 손에 달린 것이지, 사무 업무를 보는 사람들의 손에 달린 것이 아니다. 프런트의 임무는 현장이 최고의 경기를 할 수 있도록 돕는 일일 뿐. 하유미만이 홀로 프런트 사무실에 앉아 있다. 텔레비전에서는 또다시 펭귄스의 경기가 준비 중이다.

지금 구단 내부의 분위기는 한마디로 뒤숭숭하다. 멀쩡히 자리를 유지하고 있던 단장이 갑자기 목이 썰려 나가고 하현 승이 단장이 되면서부터다. 처음에, 프런트 사람들은 목가적인 패배의 나날이 계속될 거라고 생각했다. 애초에 야구인이 아닌 사람이 단장으로 왔으니 별다른 행동도 없을 것이라는 생각은 합리적이지 않은가? 그런데 하현승은 무엇에 홀린 사람처럼 빠르게 조직을 개편했다. 전략운영팀장이라는 자리에 서나리라는, 듣도 보도 못한 사람이 앉았고 사람들 사이에서는 흉흉한 소문이 퍼지고 있다.

동시에, 하유미는 몇 주 전 굳이 회사 앞 흡연 구역에서 담배를 피운 것을 후회하고 있다. 하현승과 자연스럽게 이야기를 나눈 것도. 어디서부터 시작되었는지는 모르지만, 하현승 단장이 인턴 하유미의 아버지라는 소문은 번개처럼 퍼져나갔다. 분명 며칠 전까지만 해도 아무렇지도 않게 대화를 나누던 사람들이 이제 하유미의 눈치를 본다.

하유미는 억울하다. 그녀는 펭귄스 프런트에 입사하면서, 그때는 모기업에서 이사로 일하고 있던 아버지의 존재를 드러내지 않는 데 최선을 다했다. 그녀 자신도 하현승의 딸로 태어나 상위 중산층이라는 특권을 쥐었음을 잘 알고 있다. 그녀는 인생에서 그 특권을 최대한 남용하고 싶지 않았다. 그런 특권이라는 것은 자전거를 타고 갈 때 뒤에서 불어오는 바람과 같아서 스스로 포기할 수 없다는 것을 어렴풋이 느끼면서도 말이다. 하지만 그런 역할놀이조차 이제 끝이 났다.

그녀가 홀로 프런트 사무실에 앉아 야구를 보고 있는 것은, 뭐라도 자기가 노력하고 있다는 것을 보여주고 싶기 때문이다. 동시에 이미 끝장난 역할놀이를 계속하고 싶기 때문이다. 그러나 하유미 스스로도 그딴 게 가능하다고 생각하지 않는다.

약간은 슬프다. 하유미는 눈물이 날 것 같다. 눈물 한 방울이 하유미의 왼쪽 눈에 응집되기 직전, 사무실 문이 벌컥 열린다. 하유미는 얼른 눈을 깜박여서 눈물을 흐트러뜨리고 그쪽을 바라본다. 흉흉한 분위기의 진짜 주인공, 서나리가 양손에 수백 페이지의 서류를 든 채로 서 있다. 서나리가 사무실을 둘러보다가 하유미와 눈이 미주친다.

"저기, 하유미 씨 맞나요?"

"앗, 맞습니다."

서나리가 말한다.

"좀 도와줄래요?"

"아, 네."

하유미가 일어나서 서나리에게 빠르게 다가간다. 서나리는 서류 더미 하나를 하유미에게 맡긴 다음, 복사기로 걸어간다. 서나리는 복사기 앞에 잠시 서 있다가 하유미를 보고는 말한다.

"이거 어떻게 쓰는 거죠?"

"아, 이렇게 하시면 돼요."

하유미는 자신이 있다. 복사기를 다루는 것이야말로 모든 사무조직에서 인턴이 배우는 초식 중의 초식 아니겠는가. 하유미는 능숙하게 서류들을 정리하고 복사기에 하나씩 집어넣는다. 기분 좋은 가동음이 나면서 따끈한 서류가 배출되기 시작한다. 그러는 동안 하유미는 서류를 곁눈질로 슬쩍 바라본다. 타율과 삼진율에서 시작해서, 좀 더 복잡한 xOBA와 wRC+까지 분석된 구단 선수들의 데이터다. 이제 하유미는 그런 것들도 뭔지 잘 안다. 그런데 그 밑으로 생소한 용어가 보인다. Hip-Shoulder Seperation?

하유미는 조용히 묻는다.

"저기, 팀장님."

"네."

"이게 무슨 뜻인가요? 엉덩이-어깨 분리?"

"아, 별건 아니고…."

서나리가 서류들을 내려놓고 사무실에 있는 전기파리채 하나를 야구배트처럼 양손으로 잡는다. 서나리는 하유미에게 익숙한 폼을 취한다. 바로 타자의 타격 자세다. 서나리는 엉덩이를 돌리면서 말한다.

"자, 선수가 타격을 하면 이렇게 하체가 먼저 회전해요."

그다음에 서나리는 전신을 비튼다.

"그러면서 그 비틀린 힘이 코어로 전달되고, 상체가 따라 돌아가는 거예요."

"아… 네."

서나리가 전기파리채를 바닥에 놓고, 하유미는 고개를 끄덕인다. 그러나 하유미는 아직 이해하지 못한 표정이다. 서나리가 익숙하게 설명을 덧붙인다.

"그러니까 하체를 먼저 쓰고, 그다음에 상체가 돌아가죠? 타격 순간에 하체가 상체보다 최대한 더 많이 돌아가 있어야 에너지가 크다는 거죠. 그런데 에너지가 크다는 게 꼭 좋은 일만은 아니에요. 너무 많이 비틀면 근육이 찢어지거나 할 가능성도 올라가죠. 그래서 유연함이 중요한 거고. 사실 이런 걸 재려면 모션 캡처가 좋은데, 도구가 없어서 일단 영상으로 시간 차를 좀 재봤어요. 오차가 좀 있지만, 알고리즘도 요즘 괜찮거든."

"오… 이해했어요."

하유미는 서나리의 설명을 들으면서 새로운 세계가 열린 느낌이다. 하유미는 그동안 자신이 야구를 잘 안다고 생각했다. 특히 그녀는 야구에 대한 통계적 접근을 일반인 수준에선 굉장히 깊게 해왔다. 야구를 더 잘 보기 위해서 베이지안 정리를 익힐 정도였으니. 그런데 서나리가 보여주는 야구의 디테일까지 생각해 본 적은 없었다. 하유미는 서나리를 흥미롭게 바라본다. 어쩌면 이 사람이야말로 자기에게 진짜 야구를 가르쳐 줄 수 있는 전문가가 아닐까?

복사기는 계속 돌아간다. 그동안 경기는 이미 시작되었다. 평소의 하유미라면 어떻게든 복사를 빨리 끝내고 경기에 완전히 집중했을 터이다. 하지만 하유미는 이 서나리라는 사람에게 호기심이 생긴다.

"저기, 팀장님. 그런 건 어디서 배우셨나요?"

"음… 전공이니까? 트렌드를 쫓아가려고 노력하기도 하죠. 야구 학회 같은 경우에는 웬만하면 포스터도 하나하나 보려고 하고."

"저는 너무 잘 알고 계셔서 팀장님이 선수 출신이신 줄 알았어요."

서나리는 하유미를 쳐다보다가 피식 웃는다.

"그렇게 보여요?"

하유미는 서나리를 본다. 서나리는 하유미보다 한 뼘 정도 키가 작다. 하유미는 갑자기 겁이 난다. 자기가 너무 무례한 말을 한 건가 싶어 뻣뻣하게 굳어 있다. 서나리는 아무렇지도 않은 듯 답한다.

"그냥 학교에서 소프트볼만 좀 해봤지. 하유미 씨는 야구 해봤어요?"

"어, 사회인 야구도 하고, 스크린 야구장도 자주 가요."

"스크린 야구장이요? 그게 뭐죠?"

서나리는 아예 그런 단어를 처음 듣는 듯 하유미에게 질문한다. 하유미는 야구에 관해서는 모르는 게 없을 것 같은 사람이 이렇게 물어보는 게 신기하다. 하유미는 되묻는다.

"미국에는 스크린 야구장이 없나요?"

서나리가 고개를 끄덕인다.

＊＊＊

서나리는 알루미늄 배트를 굳게 움켜쥐고는 앞쪽을 바라본다. 별로 세련되어 보이지 않은, 3D 모델링으로 만들어진 구장과 투수가 화면에 보인다. 그래도 그 가상의 투수가 무슨 행동을 취하는지는 대충 알만하다. 투수가 팔을 위로 쭉 뻗은 다음, 공을 집어 던진다.

흰 공이 구멍에서 튀어나온다. 서나리는 엉겁결에 배트를 휘두른다. 배트는 공에 스치지도 못하고 서나리 뒤쪽의 그물망으로 처박힌다. 서나리는 뒤를 바라본다. 유리창 너머로 하유미가 파이팅 하고 소리를 지른다. 서나리는 다시 앞쪽을 바라본다. 자세를 고칠 틈도 없이 또다시 공이 날아온다. 서나리는 인상을 쓴다.

오랫동안 교체 없이 쓰여왔던 야구공은 더럽고 너덜너덜하다. 하지만 그것은 여전히 흰 구형의 그 아름다운 모습을 유지하고 있다. 그 공이 속도를 받고 날아가는 것이 보인다. 서나리의 본능이 외친다. 지금 휘둘러야 해. 팔꿈치가 우두둑거리는 소리를 내면서 회전한다. 배트에 공이 딱 맞는다. 아니, 딱 맞았을 거라고 서나리는 생각한다.

그 생각과 다르게 공은 힘없이 떼구루루 굴러간다. 제대로 힘이 들어가지 못한 전형적인 땅볼이다. 쓰리아웃. 공수 교대의 시간이다. 서나리는 한숨을 쉬면서 배팅장 밖으로 나온다.

"이거, 이거 공 속도가 몇 킬로미터라고 했죠?"

"90km요!"

"내 눈에는 시속 150km는 되는 거 같은데."

하유미가 웃는다. 하유미는 컴퓨터를 조작해서 구속을 시속 120km로 바꾼 다음, 배팅장으로 들어선다. 서나리는 유리창 밖에서 턱 밑에 손가락을 괴고 준비 자세를 취하고 있는 하유미를 본다.

서나리는 본능적으로 하유미의 자세를 분석한다. 아마추어치곤 나쁘지 않다. 눈은 앞을 보고 있고, 배트는 최대한 빠르게 공에 접근할 수 있도록 어깨 쪽에 붙어 있다. 파워를 조금 희생하는 대신, 안타 자체를 만들어 내는 것에 집중하는 자세다.

공이 날아온다. 시속 30km 차이에 불과한데, 서나리가 보기에는 공이 벼락처럼 꽂히는 것 같다. 프로리그에서는 선수들이 적어도 시속 140km의 속도로 공을 던지는데 말이다. 하유미가 배트를 휘두른다. 배트의 스위트 스폿, 힘이 가장 잘 전달되는 지점에 야구공이 닿고 결과가 화면에 뜬다. 2루타다. 하유미가 환호한다.

서나리는 즐거워하는 하유미를 보면서 조금 전 하유미의 자세와 자신의 자세를 비교하며 숙고한다. 서나리는 하체의 힘을 전혀 사용하지 못했다. 상체만 삐딱하게 돌아간 채로, 어떻게든 배트를 공에 맞추려고 노력했을 뿐이다. 하지만 하유미는 확실히 하체 힘을 상체로 전달했다. 그녀는 전신의 힘으로 배트를 돌렸다.

서나리는 새삼 하유미의 신체를 유심히 바라본다. 회사에서 봤을 때야 당연히 신경 쓰지 않았지만, 이제 그녀의 팔뚝에서 물결치는 근육이 보인다. 아마 운동 자체를 좋아할 것이다. 어느 정도 타고난 것도 있을 테고. 기뻐하는 하유미를 보면서 서나리는 약간은 씁쓸하게 미소 짓는다.

20분 동안 둘은 번갈아 배팅한다. 결과는 12:1로 하유미의 압승이다. 그 최종 결과를 보고서야 하유미는 자신이 뭔가 사회생활을 잘못한 게 아닌가 싶다. 하지만 서나리는 그렇게 심사가 뒤틀린 것같이 보이지 않는다.

“열심히 했나 보네요. 자세가 확실히 남다르던데.”

“앗, 감사합니다. 팀장님.”

서나리는 배팅장 밖의 의자에 걸터앉는다.

“솔직히 부끄럽네요. 면접할 때 저만 한 야구 전문가를 찾기는 힘들 거라고 말했는데, 시속 90km짜리 공 하나 제대로 못 치다니.”

하유미는 아니라는 듯 다급히 손짓한다.

“그건 중요한 게 아니죠! 팀장님이 하시는 일은 구단 전략을 짜는 거고, 선수들은 선수들의 역할이 있는걸요.”

“그렇게들 말하죠.”

서나리는 한숨을 쉰다. 그리고 말을 잇는다.

“저는 어릴 때부터 운동 신경이 참 별로였어요. 한국에 살 때는 뜀틀도 제대로 못 넘는 수준이었죠. 저는 그때부터 야구를 좋아했거든요. 그래서인지 오기가 생기더라고요. 나도 저 판에 끼어보고 싶은데. 같은 플레이어가 되고 싶은데. 지금은 비집고 들어갈 틈을 어떻게든 찾은 거예요.”

“아… 되게 잘하고 계신 것 같은데요. 팀장님.”

“미국에서는 어느 정도 그랬죠.”

서나리가 기지개를 켜고는 말을 잇는다.

“어제 감독님이랑 이야기를 좀 나눴어요.”

“유진성 감독님하고요?”

"네."

하유미는 꼬장꼬장한 유진성 감독과 서나리가 대화하는 것을 상상해 본다. 유진성 감독은 애초에 데이터 야구에 거의 관심이 없는 사람이다. 그는 좋게 말하면 직관적인 올드스쿨의 야구를 하고, 나쁘게 말하면 현대적 야구에 뒤처져 있다.

"어… 말이 잘 통하시던가요?"

하유미가 조심스럽게 말한다. 서나리가 어깨를 으쓱인다.

"그럴 리가요. 싸웠죠. 월요일에 선수들 불러서 훈련시키고 있길래 멈추라고 했거든요. 그런데 자기 권한이니까 훈련에는 조금도 손대지 말라고 하더라고. 저는 그게 참 의아했어요. 쉬는 날에는 쉬어야 팀이 잘 돌아가죠. 감독이란 사람이 선수단을 가지고 자해를 하고 있어. 선수 출신이 아니면 그냥 아무 말도 하지 말라는 식이던데…. 애초에 왜 그런 사람을 데려온 거죠?"

하유미는 조심스럽게 말한다.

"음… 저기, 팀장님. 저는 그게 한국 야구의 문화라고 생각해요."

"문화? 어떤 문화?"

"아무래도 미국은 인구도 많고, 역사도 오래됐고, 사람들이 생활 체육도 많이 하고, 그만큼 연구도 많이 됐으니까 혁신이 좀 더 쉬운 구조 아닐까요? 그런데 아무래도 한국에서는 아직 야구의 역사가 짧고, 야구선수가 될 사람들은 어릴 때부터 야구만 하니까요…. 그 밖에서 온 사람한테 조금은 방어적일 수 있을 거 같아요.”

서나리가 하유미의 말을 듣고 생각에 잠긴다.

“그렇다면 제가 여기서 뭔가를 하기엔 구조적으로 어렵다는 건가요? 선수 출신이 아니니까?”

하유미는 서나리를 본다. 배트로 땅바닥을 지탱한 채로 앉아 있는 그녀의 모습이 약간 지쳐 보인다. 불과 몇 시간 전에, 전기파리채로 배팅 동작에서 상체와 하체의 분리를 설명하던 것과는 전혀 다른 모습이다.

“아니요, 팀장님. 할 수 있죠. 저는 팀장님이 정말 멋있어요. 저도 팀장님 같은 전문가가 되고 싶은데요!”

“나 같은?”

반문하는 서나리를 보고 하유미가 고개를 끄덕인다.

“네! 그리고 프런트는 프런트의 역할이 있는 거고, 현장은 현장의 역할이 있는 거죠. 저는 진심은 언젠가는 통한다고 생각해요!”

“진심은 통한다….”

“네! 제가 한국 야구를 다 아는 건 아니지만 팀장님을 도와서 열심히 할게요!”

하유미는 서나리가 다시 전기파리채를 휘둘렀을 때의 표
정으로 돌아온 것을 발견한다. 하유미는 웃는다.

"그래요. 나도 가르쳐 줄 수 있는 게 있으면 가르쳐 줄게요."

서나리가 아직 배팅 장갑을 끼고 있는 오른손을 내밀고 하
유미는 두 손으로 그 손을 붙잡아 열렬히 흔든다.

＊＊＊

한편 정영우는 호텔 침대에 누워 있다. 다른 지방으로 원정
경기를 올 때마다 묵는 숙소이다. 한 시즌에 한 팀과 열여섯
번 경기를 하고 그중 여덟 경기가 원정 경기이니, 1년에 여덟
번은 여기서 자는 것이다. 10년 전에 계약했으니 대충 팔십
번 정도는 여기서 잤을까. 의미 없는 생각을 하는 정영우의
옆에서는 이상훈이 코를 골면서 자고 있다.

4년 동안 정영우와 방을 같이 쓰는 그는 경기가 끝나고 숙
소로 돌아오면 씻고 베개에 머리를 대자마자 잠든다. 정영우
는 잘한 날에도, 못한 날에도 그렇게 태평할 수 있는 후배가
신기하다. 아니, 정영우가 운동선수치고는 생각이 너무 많은
것일까.

정영우는 익숙한 천장을 바라보면서 오늘의 야구를 복기한
다. 오늘은 이겼다. 4연패를 끊어내는 승리였다. 팬들도 기뻐

했고 선수들도 오랜만에 활기찬 분위기로 숙소로 돌아왔다. 하지만 경기 내용이 그렇게 아름답다고는 말할 수 없었다.

야구는 운이 상당히 많이 개입하는 스포츠다. 한번 투수가 공을 던지고, 타자가 공을 쳐내고 나면, 그 공이 어떻게 될지 완벽히 예측할 수가 없다. 배트에 정확히 맞은 타구가 아쉽게 수비수한테 잡혀서 아웃으로 끝나기도 하고, 스쳐 맞은 공이 필드를 떼굴떼굴 가로질러 모든 수비수를 피해 가서 점수를 낼 수도 있다.

투수는 공을 던지고, 타자는 배트로 공을 맞춘다. 사람 주먹만 한 크기의 공과 배트가 만나는 지점은 시간과 공간의 한 점이다. 그 시공간의 찰나를 인간이 완벽하게 포착하는 것은 불가능하다. 다만 변수를 최소화하도록 노력만 할 수 있을 뿐이다. 어쩌면 그런 운의 개입이야말로 야구를 조금 더 공정하게 만드는 것일지도 모른다. 한 시즌 동안 144개의 경기를 치르면, 아무리 못하는 팀이라도 승률이 30%는 넘게 된다. 그 30%의 승률은 인간의 지분이 아닌, 행운이라는 개념의 지분일지도 모르겠다.

오늘 정영우는 여러모로 운이 좋았다. 안타 하나를 치고 점수를 냈으니. 공에 힘이 제대로 실리지 않았지만, 파울 라인을 타고 굴러간 공은 예상치 못한 스핀을 타고 인플레이 타구가 되었다. 정영우 덕에 두 명의 주자가 홈으로 들어갔고 그것이 바로 오늘 경기의 결승타가 되었다.

정영우는 휴대폰으로 펭귄스 인스타를 확인한다. 승리 소식을 알리는 게시물에는 오랜만에 정영우에 대한 칭찬 댓글이 가득하다. 하지만 칭찬의 내용이 그렇게 달갑지만은 않다. 어떤 사람은 정영우가 법력타를 날렸다고 한다. 법력타라. 실력이 아니라 행운이 깃든 타구였다고 돌려 말하는 것이나 다름없다.

그러다 정영우는 댓글에 노래 가사가 쓰여 있는 것을 본다. 정영우는 천천히 이를 따라 부른다.

"날려라, 정영우. 펭귄의 정영우. 안타 정영우…."

14년 동안 한 번도 바뀌지 않은 응원가다. 타석에 설 때마다 듣는 노래이기도 하다. 신인 시절에는 굉장히 신경이 쓰이고 불편했지만, 이제는 타격 연습을 할 때도 일부러 응원가를 듣는다. 응원가가 없으면 뭔가 허전하고 잘못된 느낌이 들어서. 오늘 결승타를 쳤을 때는 사람들이 신나서 모두 그 노래를 몇 번이고 불렀다. 정영우는 오랜만에 가슴이 뛰었다. 주눅 들지 않았다. 멋진 세리머니도 했다.

언제까지고 그럴 수 있으면 참 좋을 것이다.

하지만 열광이 어느 정도 가라앉은 지금, 정영우는 생각한다. 언제까지고 그럴 수 없을 거라고. 오늘 안타를 치고도 정영우는 자신의 자세가 완전히 무너져 있다는 것을 느꼈다.

상체가 너무 빨리 나가서 공에 힘이 제대로 들어가지 않았다. 하체를 충분히 써야 하는데 어떻게든 공을 맞추는 데만 급급한 것이다.

하지만 문제를 아는 것과 이를 고치는 것은 다르다. 훈련할 때야 의식적으로 최대한 상체를 늦게 비틀려고 하지만, 경기 중에는 공을 쳐서 뭐라도 결과를 만들고 싶다는 욕망이 이성을 이긴다. 그리고 억지로 공을 치면 보통은 나쁜 결과가 나온다. 오늘은 조금 달랐지만. 그것은 그저 잠시 행운이 그에게 미소 지어준 것일 뿐이라는 사실을 정영우는 그 누구보다 잘 알고 있다.

정영우는 휴대폰에 저장되어 있는 번호로 전화를 건다. 전화 연결음이 끊기고 정영우는 입을 연다.

"감독님."

"어."

유진성의 목소리가 들려온다.

"어제 말씀 다 못 드린 거 오늘 이야기하고 싶습니다."

"뭐, 은퇴한다고?"

"네."

유진성이 잠깐 침묵하다가 말한다.

"1606호로 와."

"네."

정영우는 전화를 끊고 방 밖을 나선다. 한 걸음 한 걸음 내딛는 발걸음이 무겁다.

정영우가 노크하자 유진성이 직접 문을 열어준다. 정영우는 방에 들어서면서 어쩔 수 없이 나는 노인의 체취를 느낀다. 가끔 정영우는 이렇게 유진성의 나이를 의식할 때마다 놀랍다. 대체 유진성에게는 무슨 열정이 아직까지 남아서 이렇게 불타고 있는 걸까? 야구에 50년이 넘는 세월을 바친 인생이란 대체 무엇일까? 자신은 벌써 다 타버리고 재만 남아 있는 것 같은데….

유진성은 방 한쪽에 있는 소파에 앉는다. 정영우는 뻣뻣한 자세로 스툴을 하나 가져와서 앉는다. 유진성이 답답하다는 듯 말한다.

"너는 결승타 친 날에 은퇴 이야기를 하냐?"

정영우가 어색하게 웃는다.

"선배님들도 항상 떠날 때를 잘 알아야 한다고 하셔서요."

"야, 너는 내가 제일 후회하는 게 뭔지 알아?"

"아뇨, 잘 모르겠습니다."

유진성이 고개를 창문 쪽으로 돌린다. 밤의 도시는 어둑어둑하다. 정영우가 그의 표정을 관찰한다. 그 노감독은 창문을 통해 어두운 도시가 아니라 자신의 과거를 반추하고 있는 듯하다. 과거를 바라보며 신음을 흘리듯 유진성이 말한다.

"내가 스물여덟에 야구선수를 그만뒀거든. 팔이 아파가지고. 그게 내 인생에서 제일 후회가 된다. 그리 일찍 은퇴를 한 게. 봐봐라."

유진성이 왼팔을 치켜든다. 그의 팔은 직각을 살짝 넘어선 각도 이상으로 올라가지 않는다. 커리어를 끝마친 야구선수들, 특히 투수들에게는 꽤 흔한 직업병이다. 극한의 속도로 공을 던지는 일을 반복하다 보면 결국 팔꿈치나 어깨, 손목 등이 고장 나고 만다. 은퇴한 운동선수들은 일반인들보다 건강하지 못하다. 인간 신체의 한계를 시험한 대가다.

"내가 그 이후로 팔이 안 올라가. 그냥 그때 계속 운동했으면, 그러면 몸이 더 나아졌을지도 모르는데. 아프다고 일찍 포기해 버린 게 두고두고 한이 돼."

다시 유진성은 팔을 내린다. 정영우는 그의 눈길을 피하면서 말한다.

"감독님. 저도 계속 그라운드에서 뛰고 싶습니다. 그런데 이제 더 이상 1인분을 하지 못하는 것 같아요. 동료들에게 폐를 끼치고 있는 것 같고요."

"네가 운동을 그만두고 싶어서 몸이 못 따라주는 거지, 몸이 못 따라줘서 운동을 못 하게 되는 게 아니다. 나는 네가 그걸 사람들한테 보여줬으면 해."

정신론. 정신이 준비되면 신체는 그에 따라오는 것이라는 유진성의 야구 철학이다. 구단에 별 관심이 없던 구단주 천용희가 유진성을 데려온 것도 그 철학에 매료돼서라는 말도 있다. 하지만 모두가 그 철학에 동의하는 것은 아니다. 정영우도 결국 정신은 시간을 이길 수 없다고 생각한다. 나이가 들수록 뻣뻣해지고 쉽게 파열되는 근육이 이를 증명한다. 정영우는 예전보다 몸의 속도가 느려졌다고 생각한다. 하지만 사실 진짜로 느려진 것은 몸이 생각을 받아들이는 속도다. 자기 반사신경이 느려졌다는 사실을 그는 인식조차 할 수 없다.

"감독님….."

유진성은 고개를 흔든다.

"너 인마, 야구 시작하면서 목표가 뭐였어."

"한 시즌에 30홈런이었습니다….."

정영우는 지금까지 단 한 번도 홈런을 쳐본 적이 없다.

"그럼 홈런 한 번이라도 쳐봐야 할 거 아냐."

"정말 감사한데, 저를 왜 그렇게까지….."

유진성이 인상을 쓴다.

"너, 어제 봤던 서나리 기억하지?"

"아, 네."

"새 단장이 데려온 여자앤데, 아예 구단을 자기 입맛대로 고치려는 것 같아. 앞으로 고참들을 쳐내고 신인들 위주로 팀을 새로 만들고 싶다고 하더라. 그러면 너희 같은 베테랑

들한테는 사형 선고인 것 아니냐? 공 한번 안 던져봤을 여자 애가 분수를 몰라."

"아…."

"나는 말이지, 내가 옳은 걸 보여주고 싶다. 응? 베테랑이 왜 베테랑인지 보여줘야지. 그럼 너한테도 좋은 거 아냐."

"알겠습니다."

정영우는 고개를 끄덕이고는 방을 걸어 나온다. 오늘 경기에서 느꼈던 열광은 이제 완전히 사라지고, 다시 한번 주눅 든 채다.

＊＊＊

사흘 뒤, 펭귄스의 원정 경기 시리즈가 끝난 다음 날 아침. 서나리는 팀장실의 자기 자리에 앉아 있다. 모니터에는 한 선수의 전체 기록과 여러 세부 자료들이 나열되어 있고, 다른 모니터에서는 끊임없이 영상이 재생된다. 처음부터 끝까지 전부 정영우를 묘사하는 자료들이다. 서나리는 능숙하게 그 수많은 값들 사이에 숨어 있는 사실을 발견한다.

정영우. 어릴 때 왼손잡이로 교정되고 어느 정도 발이 빨랐던 타자. 다양한 포지션에서 수비를 무난하게 해낼 수 있다는 것은 확실히 선수로서 강점이다. 하지만 그걸 감안하더라도 정영우는 괜찮은 선수가 아니다. 일단 나이가 많다. 장점이 지나치게 부족하고, 성장을 기대할 수는 없다. 말하자면, 정리 대상이다.

팀장실의 문을 누군가 두드린다. 서나리가 말한다.

"들어오세요."

문이 열리고, 거인이 한 명 들어온다. 정영우다. 서나리는 아이러니한 위화감을 느낀다. 조금 전까지 그녀는 정영우를 무력하고 느린 선수로 분석하고 있었는데, 실제로 보는 정영우는 그야말로 거인이다. 등과 어깨 같은 상체 근육을 집중적으로 키우고 체지방도 어느 정도 보유하기 마련인 야구선수들의 덩치는 살아 움직이는 냉장고를 연상시킨다.

"정영우 씨."

"안녕하세요, 팀장님."

정영우가 꾸벅 인사힌다. 서나리는 일어서서 자기 책상 앞의 의자를 가리키고 말한다.

"앉으세요."

정영우는 터벅터벅 걸어와서 앉는다.

"또 홈구장까지 가려면 시간이 걸릴 텐데, 일찍 오셨네요."

"아, 괜찮습니다. 팀장님이 면담해 주시는 것만 해도 감사하죠."

"14년 동안 함께한 선수잖아요. 중대한 결정을 내리시는 건데 당연히 이야기를 해봐야죠."

정영우는 그 중대한 결정이라는 단어가 품은 진의를 곱씹는다.

이틀 전, 정영우는 서나리에게 은퇴하고 싶다는 뜻을 밝혔다. 서나리는 시간이 될 때 사무실로 찾아오라고 말했다. 그는 곧바로 일정을 잡았다.

정영우는 잠시 멍하니 앉아 있다가 말한다.

"죄송합니다. 이런 자리가 처음이라. 뭐라 말해야 할지…."

"괜찮아요. 궁금한 게 있으면 편하게 말씀하세요."

"그, 제가 구단에서 오래 일하기도 했고 수비는 아직 자신이 있습니다."

"네. 이번 해에도 백업으로 70경기 넘게 출전하셨죠."

정영우는 침을 꿀꺽 삼키고, 준비한 이야기를 꺼낸다.

"혹시 제가 은퇴하고 나면, 구단에서 코치직 같은 걸 맡을 수는 없을까요?"

서나리는 잠시 침묵하다 말한다.

"현실적으로는 어렵습니다. 계약대로라면 구단에서 은퇴 후 선수들에게 직업교육 패키지를 제공할 수 있습니다. 오랫동안 뛰셨으니, 저희들도 최선을 다할 거고요."

정영우의 눈빛에서 아주 짧은 실망이 스쳐 지나간다. 하지만 그 이상의 감정은 보이지 않는다.

"직업교육 패키지에서는 뭘 배우나요?"

"글쎄요. 저도 은퇴 관련 업무는 디테일까지 확실히 말씀 드릴 수는 없어요. 중고등학교 학교 코치 쪽으로 알아봐 드릴 수도 있을 것 같습니다. 아니면 아예 모기업에서 영업직 등의 새로운 일을 시작하실 수도 있을 테고요. 교육 기간은 6개월 정도입니다. 교육받는 동안 연봉 일부를 보장해 드릴 거고요."

정영우는 고개를 끄덕인다. 오히려 현실은 상상보다 절망적이진 않다. 정영우는 마련해 놓은 자가와 그동안 모아둔 돈을 생각한다. 30대 중반에 이 정도면 적어도 굶어 죽진 않을 것이다. 정영우는 말한다.

"알겠습니다. 저는 가능하면 새 일을 하고 싶어요."

"야구를 그만두고 싶으신가요?"

서나리가 묻는다. 정영우는 단호히 말한다.

"네. 감독님께는 죄송하지만….."

정영우의 얼굴에 비치는 허망함을 서나리는 포착한다. 서나리는 잠시 생각해 본다. 만약 자신이 정영우라면 어땠을까? 지금과는 다른 신체 조건으로 그라운드에서 실제로 뛰는 선수가 될 수 있었다면? 어떤 측면에서 서나리는 정영우가 부럽다.

서나리는 이어 말한다.

"오시기 전에 자료를 훑어봤어요. 기록이 정말 많더군요."

서나리의 말이 끝나는 동시에, 정영우 쪽에 있던 모니터가 켜진다. 화면 가득 정영우의 세부 기록이 나타나자 정영우의 눈이 휘둥그레진다. 정영우가 지금까지 날린 타구의 궤적, 1루 베이스까지 달려가는 데 걸리는 시간, 특히 자주 배트를 휘둘렀던 존까지. 14년의 모든 것들이 하나하나 기록되어 있다. 정영우는 왠지 부끄럽다.

"나름대로 열심히 했습니다."

"그럼 제가 하나 묻고 싶은 게 있어요. 14년간 펭귄스에서 뛰셨으니까 잘 아실 것 같은데, 어쩌다가 이 팀은 이렇게 됐을까요?"

"네?"

서나리는 다시 또박또박 말한다.

"팀의 성적이 10년 넘게 하위권에 머물고 있는데, 그 이유가 뭘까요?"

정영우는 버벅거린다.

"어, 그건, 제가 못했으니까…."

서나리는 고개를 젓는다. 그녀는 태블릿 펜을 잠시 돌리다가 말한다.

"글쎄요. 저는 개인의 문제라기보다는 시스템의 문제라고 봐요. 한번 망가진 시스템은 계속 망가져 있으려고 하지, 스스로 고치려고 하지 않는다는 거죠.”

서나리의 말에 정영우는 귀를 기울인다.

“21세기 내내 팀이 하위권을 전전했죠. 등수를 실적이라고 친다면, 일반 기업이라면 진지하게 망해 없어질 수도 있는 문제입니다. 그런데 한국 야구 구단은 보통의 기업과는 다르죠. 대기업이 뒤에 있으니까 성적이 안 좋더라도 팀이 해체될 거라는 걱정이 없잖아요. 그러면 내부 사람들에게 열심히 해야겠다는 동기가 있겠어요?”

“별로… 별로 없을 것 같습니다.”

“네, 그러니 정영우 씨도 계속 뛸 수 있었던 거고요. 팀에 혁신 의지가 없으니까요.”

정영우는 입을 굳게 다물고 서나리를 바라보다가 고개를 끄덕인다. 서나리는 자신이 실례를 범했다는 걸 깨닫지만 크게 신경 쓰지 않고 말을 잇는다.

“잘하고자 하는 의지의 부재. 저는 그게 우리 구단 문제의 근원이라고 생각해요. 지난 수년 동안 팀이 하위권이어서 드래프트에서 계속 상위 픽을 가졌죠. 드래프트에서 젊은 신인들을 최대한 많이 뽑는 것은 구단에서 가장 중요한 일입니다. 그런데 그동안 우리는 열 명을 다 채워서 뽑지도 않았어요. 여덟 명, 여섯 명, 일곱 명을 뽑았더군요. 말이 되나요?”

서나리는 열변을 토한다.

"아뇨. 이상한 것 같습니다."

"네. 저는 이 시스템을 처음부터 끝까지 고치려고 합니다. 힘들 거라고 생각해요. 하지만 가치 있는 일이라고 믿고 있고 단장님도 저를 믿어주셨어요."

"그렇군요."

정영우는 서나리가 자신의 비전을 장황하게 떠드는 이유를 짐작할 수 없다. 어차피 은퇴할 건데 팀의 미래는 무슨 상관일까? 그때 서나리가 말한다.

"이 팀을 사랑하시나요?"

서나리는 또 예상치 못한 질문을 던진다. 정영우는 말한다.

"아, 네. 사랑합니다. 10년 넘게 저를 품어준 팀이고…."

"그러면 팀을 좀 더 낫게 만들 생각은 없으신가요?"

정영우가 고개를 갸웃거린다.

"어… 하지만 코치 자리는 현실적으로 어렵다고…."

"아니요. 제 이야기를 들어보세요."

동시에 정영우의 기록이 있던 모니터 화면이 바뀐다. 이번에는 다른 투수의 기록이다. 여러 세부 사항이 기록되어 있지만, 정영우는 그중 대부분을 이해할 수 없다. 확실한 건 구속이 시속 155km를 넘고, 왼손잡이라는 것 정도이다. 그 정도 정보만으로도 확실히 뛰어난 투수라는 것을 알 수 없다.

"누군지 맞혀보시겠어요?"

"이것만 보고요?"

서나리는 마우스를 조작해 데이터 맨 위쪽에 형광펜 표시를 한다. 영어로 적힌 글자를 정영우는 가까스로 읽을 수 있다. Seung-Woo Jeong. 정영우는 숨을 멈춘다.

"제 동생이네요….."

"네, 우리 구단의 목표입니다. 내년 드래프트에서 반드시 뽑아야 하는 선수예요."

"아… 그렇군요. 그런데 어떻게…? 순위가 확정된 것도 아닌데요. 앞 순번에서 먼저 뽑아간다면 어떻게 할 도리가….."

"네, 그러니 우리는 이번 시즌에 꼴등을 해야 합니다. 그래야 앞 순번을 얻으니까요. 반드시, 어떤 일이 있어도요."

"그건….. 구단에서 그렇게 해도 되는 건가요?"

서나리가 웃는다.

"물론 제가 승부조작을 하려는 건 아닙니다. 하지만 구단에서 어느 정도 승패를 유도할 수는 있어요. '탱킹(Tanking)'이라고도 하죠. 아직 미숙한 신인들을 엔트리에 채워서 성장시키고, 고참들을 쳐내는 것이죠. 그러면 두세 시즌은 꼴등을 하겠지만, 성장한 신인들이 젊고 강한 구단을 만들 겁니다."

정영우도 탱킹이라는 단어를 들어본 적은 있다. 5등 안에 들지 못해 포스트시즌에 갈 수 없는 상황이라면, 차라리 낮은 순위인 게 구단에 이득이 된다는 것도 경험적으로 잘 안다. 하지만 구단에서 그것을 의도적인 전략으로 삼는 것을 정영우는 본 적이 없다. 그는 승부사 유진성을 생각한다.

"현장에서 좋아하지 않을 텐데요."

서나리가 고개를 끄덕인다.

"네. 반발이 심하겠죠. 그래서 저는 제 편이 필요합니다."

그렇게 말하고서 서나리는 정영우를 넌지시 바라본다. 정영우는 검지를 들어 자신을 가리킨다. 서나리는 고개를 끄덕인다.

"팀의 고참으로서 제 눈이 되어주세요."

"그렇게 한다면 저는 뭘 얻나요…?"

"전력분석 쪽 자리를 만들어 드릴 수 있어요. 물론 바로 일할 수 있는 건 아닙니다. 연수도 받으셔야 하고, 수학 공부도 꽤 하셔야 할 거예요. 그리고 우리가 다음 드래프트에서 우선권을 얻게 된다면 그 자체가 정영우 씨한테 큰 보람이 될 텐데요."

"왜죠?"

"동생이 같은 구단에 들어오면 좋지 않을까요? 저는 한 선수에게 할 수 있는 최고의 케어를 제공할 겁니다."

정영우의 가슴이 뛰기 시작한다. 그 누구보다 사랑하는 동생이 미국에 가서 헛된 도전을 하지 않고, 한국에서 뛸 수 있다면 정영우는 무엇이든 할 수 있다. 정영우는 열정적으로 고개를 끄덕인다.

"네, 좋습니다. 팀장님. 감사합니다."

확실히 정영우를 휘어잡았음을 깨달은 서나리가 흐뭇하게 미소 짓는다.

"왼손 파이어볼러는 지옥에 가서라도 데려와야 한다고 하죠."

유명한 야구 격언이다. 왼손으로 빠른 공을 던질 수 있는 선수는 너무나 희귀하기 때문에, 무슨 일이 있어도 잡아야만 한다는 뜻이다.

"네. 맞아요."

"그러니 저는 지옥으로 갈 생각입니다. 지옥에서 선수들을 충분히 모아서 더 위쪽으로 나아가는 겁니다. 같이 가실 수 있죠?"

서나리는 씩 웃는다. 정영우는 천천히 고개를 끄덕인다.

＊＊＊

오후 여섯 시 반이지만 해는 아직 떨어지지 않은 채로 빛난다. 30년 역사의 야구부가 있는 태영고등학교의 커다란 운동장에서 고등학생 선수들이 제각기 마무리 훈련을 하고 있다.

선수가 아닌 학생들도 운동장 한편을 차지하고 있다. 돌아오지 않을 가장 빛나는 순간에 다들 땀을 흘리고 있다.

급식실에서 유소희와 정승우가 걸어 나온다. 생활복 주머니에 양손을 집어넣고 걷는 유소희 뒤를 유니폼 차림의 정승우가 따라가는 모습이라 정승우는 약간 경호원처럼 보인다. 운동장 쪽으로 걸어오는 그들에게 몇몇이 눈길을 보내지만, 둘이 사귀는 것쯤이야 학교의 모든 구성원이 알고 있기에 별 반응은 없다. 둘은 야구부 선수들이 훈련 중인 그라운드로 들어간다. 일반 학생들은 들어가지 못하는 곳이지만 유소희는 암묵적으로 출입 권한을 인정받고 있다.

유소희는 정승우에게 말한다.

"그거 보여줘."

정승우가 웃으면서 그라운드에 떨어진 공 하나를 줍는다. 정승우는 가볍게 모션을 취하고, 왼손으로 공을 집어 던진다. 저 멀리 공이 빠르게 날아간다.

"우와…."

공에 실린 힘은 어마어마하다. 그것은 공기나 중력 따위의 일반적인 물리적 저항에 전혀 영향받지 않는 것 같다. 공은 직선거리로 100m가 되는 포물선을 그리면서 날아간다. 어깨를 최대한 강하게 사용해서 공을 날리는 롱 토스다. 유소희가 가장 좋아하는 모습 중 하나다. 마치 사람이 유성을 날리는 것 같아서.

"잘했어. 저번보다 더 잘 날아간 거 같은데? 앞으로 날아가는 시간을 재야겠다."

유소희는 말한다. 어쨌든 어깨를 하도 강하게 쓰는 일이다 보니 롱 토스를 매일 수십 번씩 보여줄 수는 없다. 유소희가 정승우가 자기한테 롱 토스를 보여주다가 어깨가 박살 나는 것을 바랄 리도 없고. 유소희는 그라운드에 주저앉는다. 정승우가 그 옆에 서 있다. 유소희가 말한다.

"너 코리올리 효과라고 아니."

"모르는데."

"지구는 자전하잖아? 그래서 뭐가 멀리 날아가면 사실 직선으로 날아가고 있는데, 지구가 움직이고 있으니까 약간 돌아가는 것처럼 보이는 거지. 네가 이렇게 멀리 던지니까, 코리올리 효과를 관측할 수도 있겠다."

"그런 게 있구나."

정승우는 그 간략한 설명만으로는 전향력에 대해 이해할 수 없다. 하지만 정승우는 유소희가 이렇게 유식해 보이는 말을 할 때가 마냥 좋다. 유소희도 자신의 이런 모습을 정승우가 좋아한다는 사실을 잘 알고 있다.

"앗, 잠깐만…."

정승우가 바지에서 휴대폰을 꺼낸다. 모르는 번호이기에

정승우는 의아한 얼굴로 전화를 받는다. 휴대폰 너머에서 누군가 지껄이는 소리가 들린다. 들리는 언어는 한국어가 아니라 영어다. 정승우는 잠시 뮤트 한 다음 유소희에게 말한다.

"이 사람 영어로 말하는데?"

"뭐야? 내가 통역해 줄게."

정승우는 고개를 끄덕이고, 통화를 스피커 모드로 바꾼다. 유소희는 거기에 대고 말한다.

"Hello? 여보세요?"

휴대폰에서 남자의 목소리가 흘러나온다. 유소희가 듣기에는 미국 남부 억양이 약간 섞인 느낌이다. 유소희는 혼란스러워하는 그 남자에게 말한다. 자기가 이 남자애 통역사라고. 그러자 그 남자가 다시 한번 자기를 소개한다. 유소희는 잠잠히 듣고 있다가 말한다.

"텍사스 레인저스 소속 스카우터라는데?"

"응? 그 메이저리그 팀?"

"어. 거기서 스카우팅 담당하고 있대. 너한테 깊은 관심이 있어서 연락을 먼저 취했다고 하네."

정승우의 얼굴이 시뻘게진다. 미국의 스카우터가 자신을 멀리서 관찰하는 것을 본 적은 있지만 이렇게 직접적으로 연락이 온 것은 처음이다. 정승우는 가족이 어떻게든 자신의 미국행을 단념케 하려는 것을 알고 있다. 여전히 그는 갈등

하고 있지만, 결국엔 한국에 남게 되리라 스스로 생각했다. 유소희 때문에라도, 가족 때문에라도.

하지만 이런 종류의 사건은 재능 있는 소년의 마음에 새로운 불꽃을 틔우기에 충분할 정도로 강렬했다.

재미를 찾는 게 나빠?

올스타 브레이크 기간이다. 시즌의 중간이 지났다는 말이다. 리그에서 팬들과 감독이 선정한 여러 선수들이 모여 이벤트 경기인 올스타전을 펼치고, 겸사겸사 경기도 일주일 정도 쉰다. 펭귄스에 팬들이 뽑은 올스타 선수는 없다. 감독 추천으로 신인 한 명이 나서긴 한다. 그 신인에겐 즐거운 일일 수도 있겠다. 어쨌든 펭귄스에게는 모처럼의 휴가다.

펭귄스 단장 하현승은 펭귄스 모기업 빌딩의 미디어실 단상 위에 서 있다. 그는 시즌 중반에 갑작스럽게 취임했기 때문에 제대로 자신의 비전을 펼치는 인터뷰를 하지 못했다. 사실 하현승에게 뭐 이렇다 저렇다 할 비전도 없었지만.

하현승은 수십 명의 기자들 뒤편에 서 있는 한 여자를 본다. 서나리 전략운영팀장이다. 그 뒤에 녹취록을 타이핑하고 있는 인턴 하유미도 있다. 하현승은 마른기침을 한 번 하고는 말한다.

"인터넷에 제가 야알못 단장이라는 말이 많더군요."

자기 딸이 자신을 부를 때 쓴 단어다. 그렇게 놀라운 농담은 아니지만, 나이 든 임원이 쓰기에는 어색한 단어다. 몇몇 기자들이 예의 바르게 웃는다. 하현승은 어떻게든 분위기를 풀었다고 생각한다. 그는 진지하게 이야기를 시작한다.

"단장으로 취임할 때, 팬분들 사이에서도 걱정이 많았다고 들었습니다. 낙하산이라는 이야기도 많았고요. 아무래도 비야구인 출신이니까 그럴 수 있지요. 사실 지도 취임하기 전에는 인필드 플라이가 뭔지도 몰랐던 사람이고…."

그렇게 말하면서 하현승은 딸이 앉아 있는 방향을 바라본다. 하유미가 고개를 절레절레 저으면서, 약간 못마땅한 표정으로 하현승을 쳐다본다.

"예. 뭐, 그래도 제가 아무 일도 하지 않으려는 건 아닙니다. 제가 60 평생 건축 쪽 밥 먹으면서 살던 사람이기도 하고. 그런데 또, 야구단 단장 자리에 앉아보니 이 일도 건축 일과 비슷한 게 있다는 생각이 듭니다. 건물을 지을 때는 그 지반이 일단 튼튼해야 건물의 기초도 잘 서고, 건물의 기초가 잘

서야 튼튼하고 좋은 건물을 지을 수 있는 것 아니겠습니까?”

하현승은 자신도 모르게 쓴웃음을 지으면서 말을 잇는다.

“야구단도 딱히 다르지는 않은 것 같습니다. 기초가 제대로 되어 있어야 높은 곳을 지향할 수 있는 법이죠. 야구판에서도 구단을 리빌딩한다, 즉 재건한다는 말을 쓰더군요. 저는 펭귄스의 기초를 다시 닦고, 구단의 암흑기를 끝내려고 합니다.”

가장 앞에 앉은 기자 한 명이 손을 든다. 하현승은 손바닥을 편 채로 그를 가리킨다. 기자가 말한다.

“스포츠메카 임주형 기자입니다. 본격적인 리빌딩 의사를 밝히신 걸로 해석되는데요. 사실 이전 단장님도 리빌딩 이야기는 많이 하셨거든요. 그런데 딱히 리빌딩처럼 보이는 무브를 취하신 적은 없어서. 그 구체적인 방법에 대해서 생각해 두신 바가 있으신지⋯.”

“아, 저희는 탱킹이라는 전략을 쓸 생각인데⋯.”

하현승은 말을 끊는다. 분위기가 수상하다. 기자들의 타이핑 속도가 빨라지고, 뒤에서 하유미와 서나리가 팔로 크게 엑스 자를 그리고 있다. 서나리가 급하게 자기 자신을 가리킨다. 하현승은 다급히 상황을 파악하고 다시 말한다.

“자세한 건 저희 전략운영팀장이 이야기할 겁니다. 서나리 팀장, 올라오세요.”

서나리가 종종걸음으로 단상 위에 올라온다. 그녀가 마이크를 잡고는 말한다.

"네, 리빌딩 관련해서는 저한테 질문해 주시면 좋겠습니다. 서나리라고 합니다."

임주형이 고개를 갸웃거린다.

"아, 네. 펭귄스 담당하면서 처음 뵙는 분이신데…."

"몇 개월 전까지는 휴스턴 애스트로스에서 일했고요. 지금은 펭귄스 전략운영팀에서 일하고 있습니다."

다시 기자들의 타이핑 속도가 빨라진다. 하유미는 기자들이 인터넷에서 서나리라는 이름을 검색하는 것을 본다. 임주형 기자가 다시 입을 연다.

"탱킹이라고 하면 구단에서 일부러 꼴등을 노린다는 뜻 아닌가요? 한국프로야구에서 그런 탱킹 계획을 적나라하게 드러내는 건 본 적이 없는 것 같은데요."

서나리가 어색하게 웃는다. 미국에서야 탱킹이 꽤 흔한 일이고, 미식축구 같은 종목에서는 뛰어난 쿼터백이 나오면 시즌 전패 같은 환상적인 일도 실제로 일어난다. 그녀가 커리어를 쌓아 올렸던 휴스턴 애스트로스도 2010년대 초반까지는 매 시즌마다 100패를 넘기는 탱킹의 상징 같은 구단이었다.

하지만 그렇다고 해서 미국 스포츠 팬들이 탱킹을 기꺼이 즐기는 것은 아니었다. 응원하는 팀이 저 아래로 내리꽂히는 것을 좋아할 사람이 세상 어디에 있느냔 말이다. 문화가 다르고 인종이 달라도 어쨌든 스포츠 팬들의 생각은 같다.

그런데 하현승이 대놓고 탱킹이란 단어를 입에 담아버렸다. 서나리는 마음속으로 하현승을 잘근잘근 씹으며 말한다.

"가끔은 희생이 필요할 때도 있지요."

임주형이 되묻는다.

"희생이라고 한다면?"

서나리는 희생이라는 단어도 쓰지 말았어야 한다는 것을 이제야 깨닫는다. 하지만 시간을 돌릴 수는 없는 노릇이다. 서나리는 어떤 식으로 말하는 게 가장 모호하면서도 좋게 포장해서 전달할 수 있을지 고민한다. 쉽지가 않다. 서나리는 뜸을 들이다 말한다.

"팀에 오래 봉사해 주신 선수들이 많습니다. 구단에서도 감사드리고 있지요. 하지만 언제까지고 구단에 오래 있던 선수들과 함께할 수는 없습니다. 구단은 10년, 20년, 혹은 그보다 더 먼 미래를 바라봐야 하고, 그동안 모았던 신인 선수들도 그라운드에 설 기회가 있어야 하죠."

임주형 기자는 서나리가 말을 돌리고 있다는 것을 눈치챈다.

"베테랑 선수들을 더 이상 기용하지 않겠다는 뜻으로 들리는데요."

서나리는 소리 지르고 싶다. 어차피 10년 넘게 야구를 한 선수들은 이제 보여줄 것을 다 보여준 사람들이라고. 그런데 팀이 이 꼴이면 당연히 신인들 경험치라도 먹여야 할 거 아냐. 그녀는 억지로 미소 짓는다.

"프런트는 최대한 선수들과 협력할 것입니다."

서나리가 수습을 시도하거나 말거나, 기자들은 이미 펭귄스가 탱킹을 선언했으며 고참들의 목을 전부 쳐낼 것이라는 기조의 기사를 작성하고 있다. 기자들은 이 기사가 지루한 올스타 브레이크 기간 동안 아주 훌륭한 조회수를 뽑아줄 것이라 확신한다. 그리고 그 예언은 맞아떨어졌다.

★ ★ ★

휴식 주간의 마지막 날이다. 정영우는 낯선 오피스텔의 복도에 서 있다. 지금이라도 돌아갈까 생각한다.

이번에도 정영우는 올스타 경기의 선수로 뽑히지 않았다. 그동안 한 번도 정영우가 리그를 대표하는 선수가 된 적은 없다. 그 사실에 정영우는 유감을 느끼지 않는다. 야구선수가 된 후 첫 4년 정도가 괴로웠었을 거다. 군대를 갔다 오고 나서부터는 아무 생각이 없었던 것 같다. 7월 말의 눅눅한 날씨에 무엇 하러 경기장에서 땀을 흘리나. 가족들이랑 시간도 보내고, 애인과 좀 붙어 있기도 하고.

꿈의 무대. 어릴 때는 올스타를 그렇게 생각했다. 프로라면 누구나 선망할 수밖에 없다고. 하지만 이젠 유감도 슬픔도 없다. 그냥 정영우는 올스타 주간에 잠시라도 지친 몸을 쉴 수 있다는 게 좋을 뿐이다. 어쩌면 원래 꿈이란 그런 것일까. 한없이 아름다우나, 결국 나이가 들어 도달할 수 없다는 것을 알아채면 꿉꿉하고 찬란하고 축축하고 영광스러운 것.

그때, 문이 열린다. 방 안에서 풍겨 나오는 진한 커피 냄새를 맡으며 정영우는 현실로 풀려난다. 대학생 정도로 보이는 처음 보는 키 큰 여자가 서 있다.

"안녕하세요, 선수님!"

여자는 신이 나 보인다. 정영우는 고개를 꾸벅이고 여자의 뒤쪽을 본다. 원룸형 오피스텔의 방 안에 앉아 있는 서나리가 보인다. 그녀 앞에 있는 작은 테이블에는 온갖 문서가 어지럽게 놓여 있다. 문을 열어준 여자가 비켜서면서 말한다.

"들어오세요."

정영우는 방 안으로 들어간다. 서나리가 한쪽 의자에 앉으라고 손짓한다. 정영우가 앉고, 그 옆에 여자가 앉는다. 서나리는 그녀를 가리키면서 말한다.

"하유미 씨예요. 프런트 직원."

"아, 안녕하세요."

하유미가 두 손을 붙잡고 감명받은 듯한 눈으로 정영우를 바라보면서 말한다.

“선수님, 제가 선수님 이름을 마킹한 유니폼도 있는데 안 가져왔네요. 들고 올걸!”

“저를 마킹했다고요? 백업 선수를 뭣 하러….”

“네? 저는 여러 포지션 뛰시는 거 멋있다고 생각해요. 팀을 위해서 어떤 자리든 마다하지 않는 선수!”

정영우는 생각지도 못한 칭찬에 머쓱하다. 그나저나 이 여자는 왜 여기 온 것일까. 서나리가 사무적인 말투로 끼어든다.

“앞으로 셋이 종종 연락하게 될 거예요. 하유미 씨는 프런트 쪽. 정영우 씨는 선수단 쪽.”

정영우는 고개를 끄덕이면서, 신나 보이는 하유미에게 시선을 보낸다. 하유미는 마치 첩보 영화의 주인공이라도 된듯한 기분이다. 서나리가 말을 잇는다.

“이번에 단장님이 말실수를 하셨죠. 팀 분위기는 어떤지 말씀해 주실 수 있으신가요?”

“아. 네.”

정영우는 휴대폰을 꺼내고 선수들이 공유하는 단톡방을 열어 서나리에게 건넨다. 서나리가 휴대폰 스크롤을 조금씩 내린다. 하유미도 서나리 옆으로 가서 거기 떠 있는 대화를 함께 본다.

수백 개의 메시지 위에는 스포츠메카 임주형 기자가 올린 기사의 링크가 보인다. 펭귄스가 마침내 탱킹 기조를 선언했다는 기사다. 어떻게든 꼴등을 해서, 다음 드래프트에서 최고 유망주를 뽑고야 말겠다고. 기사는 사실관계를 대놓고 왜곡하고 있지는 않다. 하지만, 그렇다고 해서 거기 쓰여 있는 글이 모두 사실인 것은 아니다. 글은 과장과 거짓의 선을 오락가락하며 줄타기한다. 무척이나 교활하고 전문적이다.

당연히 대화방에 있는 선수들 모두가 그 내용에 분노한다. 물론 펭귄스는 지금 꼴등이며, 선수들 모두가 패배의식에 젖어 있는 것은 사실이다. 하지만 구단이 진지하게 꼴등을 노린다는 것과 시즌 내내 열심히 해봤는데 잘 안돼서 어쩔 수 없이 꼴등을 하는 것은 천지 차이다. 그들 모두가 평생 야구만 해온 사람들이다. 비록 꼴등이지만, 야구를 사랑하고, 지고 싶지 않고, 이길 수만 있다면 꼭 이기고 싶은 사람들이다. 그 대화방에서 최고참인 정영우는 단 한마디도 하지 않는다. 이 기회에 1군으로 올라온 몇몇 신인들도 마찬가지이다.

서나리가 휴대폰을 다시 정영우에게 건넨다.

"예상했던 대로네요."

"사실 저희들이야 먹고살면서 해온 게 야구뿐이니까요. 팀장님은 고참들을 전부 2군으로 내려보내실 건가요?"

서나리가 고개를 젓는다.

"아뇨. 모두 그렇게 할 수는 없죠. 베테랑들 중에 잘하는 선수들도 있는데 무작정 2군으로 내려보내는 건 팀에게나 선수에게나 손해죠. 그분들에게 기회는 줄 수 있어요."

서나리가 오른손으로 턱을 괴고는 천장을 바라보면서 말을 잇는다.

"지금 한창 순위 경쟁 중인 위쪽 팀 빈자리를 채워줄 선수를 보내고, 올해 드래프트 지명권이나 괜찮은 신인 선수를 받으려고 해요."

"트레이드요…?"

정영우가 망설이며 질문한다.

"하유미 씨도 그렇게 반응하더군요. 팬들이 안 좋아할 거라고요."

서나리가 하유미 쪽을 흘깃 바라보고는 말한다. 하유미가 살짝 자세를 고치며 입을 연다.

"팬 입장에서는 유니폼에 이름 마킹한 선수가 갑자기 딴 팀에 가면 맘이 안 좋죠. 팔려 간다는 느낌도 들고."

"선수 입장도 비슷하겠죠? 아무래도 사는 곳을 옮기는 건 쉽지 않을 테니까."

정영우가 고개를 끄덕이고 서나리는 고개를 절레절레 젓는다. 그녀는 책상 위에 널린 문서 중 하나를 들어 올린다. 정영우는 그 문서에 인쇄된 사진을 보고 곧바로 말한다.

"상훈이네요?"

"네, 이상훈 선수죠. 이번에 샤크스가 1위 경쟁 중인데 그쪽 3루수가 비어 있단 말이죠. 이상훈을 거기로 보내면 샤크스에서 괜찮은 신인들을 한 세 명은 데려올 수 있을 것 같고. 정영우 선수 의견을 한번 들어보고 싶네요.”

“글쎄요. 상훈이는 지금 팀에서 제일 인기 있는 선수라 애들이 너무 혼란스러워할 거 같은데….”

하유미가 정영우의 말을 듣고 급하게 끼어든다.

“그러니까요. 팀장님, 사람들이 들고일어날 거라니까요. 이상훈은 우리 팀 프랜차이즈 선수예요. 다른 선수들하고는 이름값이 다르다고요. 개인 팬들도 많고….”

“이름값만 높은 거지. 성적은 별로예요.”

하유미는 말을 멈춘다.

“전반기 동안 홈런을 20개나 쳤는데요?”

정영우가 이상훈을 변호하듯 말한다. 이상훈은 정영우의 원정 숙소 룸메이트다. 10년 가까운 세월의 지층이 그 둘 사이에 쌓여 있다. 서나리가 문서를 손가락으로 짚으면서 말한다. 정영우가 이해하지 못하는 여러 숫자들이 쓰여 있다.

“홈런을 많이 친 게 임팩트가 있긴 하죠. 그런데 그뿐이에요. 이상훈 선수가 배트를 휘두르는 궤적을 보면, 한 면을 치는 게 아니라 점을 치고 있어요. 배트와 공이 만날 수 있는 시간은 아주 짧고요.”

서나리는 오른손으로 배트가 도는 곡선을 그리면서, 왼손

검지로 그 곡선을 맞춘다. 아마도 그 검지로 공을 표현하려는 듯하다.

"지금은 아직 이상훈 선수가 어려요. 아직 빠른 공에 대한 반사신경이 살아 있으니, 이런 궤적에서도 공을 맞출 수 있는 거죠. 하지만 반응속도는 가장 빠르게 나이의 영향을 받거든요. 장점이 순식간에 사라져 버리겠죠. 사실 지금도 ISO와 타율 간의 간극이 너무 크거든요. 그러니 지금 스탯이 괜찮아 보일 때 팔아야 하는 거고요."

"I, 뭐요?"

"ISO요. 장타율 빼기 타율, 순수장타율이에요. 타격의 결과가 모 아니면 도라는 거죠."

정영우가 입술을 잠시 깨물고 있다가 말한다.

"세이버메트릭스 이야기군요. 야구를 통계적으로 분석한다는⋯."

"네."

"저는 그런 걸로 선수 값을 따지는 게 별로 마음에 들지 않는데요. 결국 야구는 몸과 정신으로 하는 건데, 숫자가 그런 걸 다 담아낼 수 있어요?"

서나리가 어깨를 으쓱인다.

"싫어하실 수 있죠. 글쎄요, 하지만 세이버메트릭스가 야구를 평등하게 만든다고 생각하면 어떨까요?"

“평등하게 만든다고요?”

“현장에서 직접 뛰는 야구인들의 보는 눈이 틀렸다고만은 생각하지 않아요. 평생 야구를 해왔고, 몸으로 체득을 한 직관이 있으니까. 그런데 이 직관은 말로 설명하기 힘들죠. 아, 저 친구 속구가 힘이 좋구나. 이 정도로만 표현할 수 있겠지. 하지만 숫자로 표현하면 모두가 알아들을 수 있잖아요? 아, 저 친구는 속구의 회전수가 높아서 비슷한 구속의 다른 선수들보다 더 좋은 성적을 내는구나. 이렇게요. 그러면 더 평등하게 야구에 접근할 수 있는 것 아닌가요?”

정영우가 팔짱을 낀다. 그는 따지듯 묻는다.

“그럼 이미 트레이드하기로 결정을 내리신 거 아닌가요?”

서나리가 고개를 끄덕인다. 정영우는 불쾌함을 숨기지 않고 말한다.

“그럼 저는 왜 부르셨는데요?”

“이상훈 선수를 트레이드 매물로 삼으면 당연히 반발이 있겠죠. 저는 구실이 있으면 좋겠어요.”

서나리가 한숨을 푹 쉰다. 그녀는 왜 이렇게 쓸모없는 데 시간을 써야 하는지 모르겠다는 표정으로 투덜대듯 말을 잇는다. 그녀가 말을 잇는다.

“이상훈 선수를 팔아도 될만한 그런 구실이요.”

***

　다음 날 경기 시작 60분 전. 유니폼을 입은 선수들이 로커 룸 곳곳에 앉아 있다. 올스타 브레이크로 일주일의 휴가를 즐겼다고 하지만 선수들의 표정은 그렇게 밝지 않다. 분위기는 평소보다 훨씬 더 무겁다. 올스타 브레이크가 끝나기 하루 전에 구단에서 1군 선수들을 여럿 교체한 탓이다. 2군으로 내려가 있는 동안에는 월급도 절반으로 줄고 1군과 비교할 수 없이 열악한 환경에서 야구를 해야 한다. 다시는 1군으로 돌아오지 못하는 선수들도 꽤 있을 것이다. 평범한 직장에 대자면 구조조정이 이루어진 것이나 다름없다.

　로커 룸에는 고참들을 2군으로 보내고 그 대신 1군으로 올라온 다섯 명의 신인 선수가 있다. 서나리가 직접 잠재력이 있고, 1군에서 성장시킬 가치가 있다고 믿는 선수들이다. 당연히 그 신인들은 기쁘다. 그 신인들의 가족들도 야구장에 와 있다. 하지만 그들은 당장 내일 목이 떨어질지 모르는 선배들 사이에서 기쁨을 함부로 표현할 수도 없다. 다들 휴대폰만 만지작거리고 있을 뿐이다.

　정영우는 구석에서 글러브를 손질하는 이상훈을 바라본다. 이번 구조조정에서 이상훈과 정영우는 살아남았다. 정영우는 서나리와 결탁한 덕분이고 이상훈은 그를 내릴만한 구실이 없기 때문이다.

비록 하현승의 탱킹 발언이 사람들을 뒤집어 놓기는 했지만, 사실 아직까지 여론은 반반이다. 어떤 팬들은 서나리가 틀리지 않았다고 생각한다. 이 구단에는 늙은이들이 많아도 너무 많아, 젊고 쌩쌩한 선수들이 1군으로 올라오는 게 낫다고. 펭귄스의 팬들은 인터넷에서 처절하게 싸운다. 하지만 이상훈까지 2군으로 보내는 것을 바라는 팬은 많지 않다. 그는 승리를 연상시키는 선수이고, 그런 선수는 이제 펭귄스에 얼마 남지 않았다.

침묵이 감도는 와중에 로커 룸 문이 열린다. 모두의 시선이 그곳으로 집중된다. 유진성 감독이다.

"주목."

다들 순식간에 자세를 바로 하고 대열을 이룬다. 유진성이 종이 하나를 꺼낸다. 선발 선수 라인업이 적혀 있다. 몇몇 눈썰미 좋은 선수들은 그 라인업에 적힌 글씨가 유진성의 글씨가 아니라는 것을 일찌감치 깨닫는다. 어떤 신인 선수는 자기가 오늘 경기에 출전한다고 적혀 있는 것을 보고 깜짝 놀란다. 유진성 감독은 언제나 라인업을 손수 쓴다. 유진성은 그 선발 용지를 팔락팔락 흔들면서 말한다.

"구단에서 내려온 라인업이다."

선수들은 그 말의 무게감을 깨닫는다. 1군과 2군 선수를 교체하는 것은 단장의 권한이다. 감독이 그 권한 행사에 대해 의견을 제시할 수 있지만 최종 결정을 내리는 것은 단장이다. 하지만 경기의 선발 라인업을 정하는 것은 어느 야구 리그에서나 감독의 고유 권한이다. 그런데 오늘, 구단에서 라인업을 내려주었다. 이건 명백히 감독의 권리 침해다.

유진성의 표정은 차갑게 굳어 있다. 정영우는 불안하다. 차라리 유진성이 불같이 분노했다면 오히려 안심했을 것이다. 뜨겁게 폭발하는 분노는 금방 식는다. 하지만 차가운 분노는 쉽사리 식지 않는다.

"공도 제대로 못 던져본 여자애한테 휘둘리고 싶어? 배트도 제대로 안 휘둘러 본 책상물림들이 이래라저래라 하는 게 말이 되나?"

그 공도 제대로 못 던져본 여자애가 누구를 지칭하는지는 모두가 안다. 하현승 단장이 펭귄스에서 그냥 서명만 하는 바지사장에 불과하며, 서나리 전략운영팀장이 팀의 대전략을 처음부터 끝까지 설계하고 있다는 것은 이제 비밀도 아니니까.

"아닙니다!"

정영우 바로 옆에서 목소리가 들려온다. 정영우에게 익숙한 이상훈의 목소리다.

유진성은 라인업 종이를 쫙쫙 찢는다. 종잇조각이 로커 룸에 날린다. 선발로 낙점되었던 신인 선수 몇 명의 표정에 잠시 허망함이 스친다. 그들은 그 표정을 감추기 위해 고개를 숙인다. 유진성은 새로운 라인업 종이와 펜을 꺼내 든다. 그는 소리 내어 한 자 한 자 적는다.

"1번, 김도훈. 2번, 성준영. 3번, 이상훈⋯."

그 라인업 속에 신인들의 이름은 하나도 없다. 유진성이 항상 선호하던 나이 많고 출전 경험도 많아 안정적이지만 더 이상 성장 가능성이라고는 없는 선수들이다. 새로 올라온 신인들은 백업 명단에만 위치할 뿐이다. 유진성이 한마디를 더 한다.

"프런트는 신인들을 그냥 그라운드에 올리기만 하면 알아서 크는 걸로 생각하나 본데, 야구 안 해본 애들이라 그런 생각 하는 거지. 새로 들어온 애들은 일단 훈련하면서, 선배들 보면서 커야 하는 거야. 그리고, 어, 너희들, 야구선수가 꼴등을 하고 싶냐?"

"아닙니다!"

이상훈이 외친다.

"그래. 팬들 앞에서 최선을 다해야지. 너희가 볼펜 한 자루도 못 만드는 생산성 없는 공놀이로 먹고살고 있으면 보답해야지. 한 순위라도 기를 쓰고 올라가야 하는 것 아니냐?"

"열심히 하겠습니다!"

유진성이 이상훈을 보면서 고개를 끄덕인다.

＊＊＊

정영우와 이상훈은 원정 숙소에 있다. 평소 같으면 이상훈은 숙소에 도착하자마자 씻고 누워 잠들었을 것이다. 하지만 오늘만큼은 다르다. 방에는 술 냄새가 끈적한 안개처럼 퍼져 있고, 방구석에는 빈 소주병이 열 개 정도 있다.

"짠 해."

이상훈이 소주잔을 들어 올린다. 홈런 세 개를 몰아친 하루라면, 그날만큼은 루틴을 어겨도 되지 않겠는가. 정영우는 미소를 지으면서 잔을 부딪친다. 정영우도 오늘만큼은 괜찮은 안타를 쳤다. 리그 1위 팀인 샤크스가 상대인 데다가 상대 투수도 외국인 용병이라 기대도 안 했는데, 이상할 정도로 공이 눈에 쏙 들어오는 날이었다. 시즌마다 그런 이상한 날이 있다. 운명이 손을 잡아끄는 것 같은, 그런 날.

둘은 취해 있다. 정영우와 이상훈은 술도, 술자리도 그렇게 즐기는 편이 아니다. 소주를 각자 다섯 병씩 마시는 사람들이 어떻게 그럴 수 있겠냐고 말할 수 있겠지만, 그들은 운동선수다. 운동선수가 소주 다섯 병을 마시고 취하는 것은 술에 약하다고 표현할 수 있다.

지금 두 사람은 마치 수학여행에서 몰래 술을 까 마시는 고등학생들과 비슷한 정서를 공유하고 있다. 유진성 감독은 시즌 중에 술을 마시는 것을 엄격히 금한다. 둘은 야구용품 가방에 소주를 밀수하듯 숨겨서 숙소로 들고 왔다.

소주를 털어 넣은 이상훈은 리모컨을 조작한다. TV에는 오늘의 야구 하이라이트가 나오고 있다. 이상훈은 자기가 친 두 번째 홈런의 순간을 보고 또 본다. 이상훈은 실실 웃는다.

"하, 형. 진짜 저 순간에는 공을 쳤다는 게 전혀 느껴지지 않더라."

흔히 하는 말이다. 배트의 스위트 스폿에 공이 들어오고 힘이 온전히 전달되면 타격하고서도 타격한 줄 모른다는 말. 어느 정도는 과장이다. 작용에는 반드시 반작용이 따라오므로. 하지만 정영우는 그게 무슨 기분인지는 알고 있다. 정영우도 공을 정확한 타이밍에 정확한 힘으로 쳐본 적이 있으니까. 그때의 그 상쾌함은 이루 말할 수가 없다. 하지만 정영우는 결국 또 다른 느낌에는 공감할 수 없다.

"넌, 뭐, 내가 한 번도 못 쳐본 홈런을 하루에 세 개나 치냐."

정영우는 한탄하고 나서야 자신의 말실수를 깨닫는다. 정영우는 다른 사람들 앞에서 자기가 홈런을 한 번도 치지 못한 게 아쉽다고 굳이 말하지 않으려고 한다. 어느 정도는 부끄럽고, 어느 정도는 그 사실 자체를 잊고 싶기 때문이다.

이상훈이 피식 웃는다.

"에이, 형. 그래도 형 정도면 대단하지. 프로로 14년 동안 뛰는 게 진짜 쉽지 않은데. 난 형같이 롱런하는 게 꿈이야."

정영우가 멋쩍게 웃는다. 정영우는 이상훈이 아부 따위를 하려고 드는 게 아니라는 걸 안다. 이상훈은 진짜로 정영우를 존경한다. 그리고 그가 존경하는 인물이 하나 더 있다. 바로 유진성이다. 이상훈은 그런 굳건한 '운동 인간'이다.

"꿈은 무슨… 네가 나보다 훨씬 더 오래 할 거 같은데. 타격도 훨씬 더 잘하는 놈이."

"모르지. 형은 내야 포지션 모두 수비가 되잖아. 유틸리티 플레이어 아니냐고. 와, 난 그게 진짜 신기해, 집중력이 얼마나 좋은 거야? 경기 올라올 때마다 위치가 비끼는데."

"수비는 연습하면 되는 거고…."

"그리고 형, 팀한테 형이 중요하니까 이번에 2군으로 안 내려간 거잖아."

이상훈이 또 웃는다. 정영우는 자신이 연루된 기밀을 누설하지 않을 자신이 없다.

"됐다. 여기까지 마시자."

그렇게 말하고 정영우는 술잔을 놓는다.

"아니 왜, 아직 이것밖에 안 마셨는데."

"야, 나는 됐고, 너는 인마, 나중에 FA로 풀리면 다른 팀 갈

것도 생각해야지. 내일 성적도 잘 뽑아야 한 푼이라도 더 받는 거야."

내년이 FA라는 언급을 듣고, 이상훈은 호탕하게 웃는다. 선수들끼리는 돈 얘기를 하지 않으려고 애를 쓰고는 한다. 하지만 사실 다들 서로의 연봉을 잘 알고 있다. 프로선수의 연봉은 공개되니까. 서로의 가치가 그대로 드러나는 연봉에 어떻게 신경 쓰지 않을 수가 있겠는가. 이상훈은 정영우보다 두 배는 더 많은 연봉을 받고 있다. 자유계약 선수가 되면 또 그 두 배는 될 것이다. 아마도. 그리고 이상훈도 그것을 알고 있다. 분명히.

"너 처음 팀 들어왔을 때 기억나냐."

정영우는 이상훈을 바라보고는 말한다. 아직도 이상훈이 처음으로 팀에 들어왔을 때를 그대로 기억할 수 있다. 그 어렸던 이상훈이 자신에게 한 말을, 정영우는 이상훈에게 되돌려 준다.

"그때 너 야구해서 부자 되는 게 꿈이라고 했잖아. 꿈을 이뤘네. 간절히 바라면 결국 운명이 들어주는 건가."

이상훈이 멋쩍게 웃는다. 정영우는 말한다.

"아니지, 네가 열심히 했으니까 잘된 거지. 너는 취미도 없잖아. 무슨 재미로 삶을 사냐? 야구가 재밌어?"

"아냐, 뭐 야구가 재밌어. 일은 일이지. 나도 다 재미있는 게 있어.”

말을 마친 이상훈이 비틀거리면서 일어난다. 침대에 있는 자신의 휴대폰을 꺼내 뭔가를 클릭하더니 헤벌쭉 웃으며 정영우에게 보여준다. 회색 배경의 화면에는 노란 그래프와 숫자들이 어지럽게 배열되어 있다.

“뭔데 이게?”

“이게 영국 베팅 사이트거든. 나 축구도 좋아하잖아. 해외 축구 경기에 한 푼 두 푼 걸면 재밌더라고.”

정영우는 잠시 말문이 막힌다.

“야… 도박 아냐?”

“괜찮아, 괜찮아. 어차피 뭐, 종목도 다른데. 그리고 안 걸려.”

웃는 이상훈 앞에서 정영우가 정색한다

“안 걸리는 게 문제가 아니라….”

“그냥 취미 같은 거라니까. 재미를 찾는 게 나빠?”

정영우는 술잔을 놓고 일어난다.

“상훈아, 난 이건 좀 아닌 것 같다. 그냥 못 들은 걸로 할 테니까 너 알아서 해라.”

정영우는 술잔을 놓고 일어난다. 그는 자기 침대로 들어간다. 어지럽게 흔들리는 천장을 잠시 보다가 눈을 감는다. 이상훈의 넋두리가 들려온다.

“누가 피해를 본다고….”

아니. 피해를 본다. 정영우는 알고 있다.

아무리 자기와 관련이 없는 종목이라도, 스포츠 선수가 베팅을 하면 결국 리그 전체의 신뢰도가 떨어질 수밖에 없다. 선수가 자신의 경기에 베팅하지 않았다고 아무리 말한들 그것을 어떻게 믿을까? 외부인들은 리그 전체가 각본으로 이루어져 있다고 생각할 수밖에 없다. 그러니까, 스포츠의 각본화가 된다. 하나의 재미로 누군가의 꿈이 죽는다.

구단이 꼴등을 하려는 의도도 어떻게 보면 비슷하지 않을까. 그 생각이 머리를 스치고 지나가자, 정영우는 술이 확 깨는 느낌이 든다.

＊＊＊

사흘 동안 진행된 리그 1위 샤크스와의 시리즈에서 펭귄스는 3연승이라는 놀라운 성과를 거뒀다. 구단에서 대놓고 탱킹을 하겠다고 선언한 것과는 전혀 반대되는 결과다. 승장 유진성 감독은 인터뷰에서 고참들의 경험이 시리즈를 이끌어 가는 데 큰 도움이 되었다며 이번 시즌은 결코 꼴등을 하지 않겠다고 자신 있게 말한다.

원정 시리즈가 끝난 날, 자정이 살짝 넘어서 정영우는 홈구장 근처에 있는 자기 집으로 돌아온다. 모두가 잠든 듯 집 안은 조용하다. 정영우는 화장실에서 씻은 다음, 자기 방에 들어가 루틴대로 가방을 정리한다. 홈경기에서 쓸 유니폼을 넣고, 배트를 몇 개 챙긴다.

속이 답답한 정영우는 부엌으로 나간다. 냉수를 한 잔 따라서 조금씩 들이켠다.

이상훈과는 대화를 나눴다. 정영우는 이 일을 굳이 크게 만들고 싶지 않다. 이상훈은 언제나 정영우에게 소중한 후배였다. 그가 정영우보다 훨씬 더 뛰어난 성적을 내고, 정영우가 그의 백업에 불과하다는 사실 같은 데서 비롯한 열등감 같은 것도 느낀 적이 없었다. 어차피 이상훈의 인생은 정영우가 도달할 수 없는 경지에서 빛난다. 평소라면, 그냥 묻어뒀을 것이다. 못 들은 걸로 쳤을 것이다.

누군가 부엌으로 걸어 나온다. 정영우는 고개를 든다. 반가운 얼굴이 보인다.

"어, 형. 왔네."

정승우다. 잠에서 막 깬 듯한 얼굴로, 거대한 몸을 숙여 컵에 물을 따른다. 정승우는 물을 한 모금 마시고는 말한다.

"이번 시리즈 잘하더라. 정영우, 역시 아직 1군감이야."

동생이 그렇게 말하자 정영우는 마음이 벅차오른다. 정영우는 그제야 잊고 있던 목적 중 하나를 떠올린다. 자기가 업어 키운 야구 천재 동생, 이 소년은 그 자체로 정영우에게 목적이다. 정영우는 미소를 지으면서 말한다.

"그러게. 어떻게 또 그렇게 됐네."

"구단이 탱킹 한다는데 그렇게 잘해도 되는 거야?"

정승우는 별거 아닌 것처럼 말하지만, 정영우는 가슴을 단검으로 찔린듯한 느낌이 든다. 맞다. 정영우는 서나리의 리빌딩 기조를 지켜야 한다. 정승우를 펭귄스로 들여야 한다. 정영우 머릿속에서 퍼즐이 하나씩 맞춰지는 느낌이 든다. 물론 지금 당장의 펭귄스는 끔찍하다. 하지만 서나리가 그 비전대로 육성 시스템을 제대로 구축한다면, 정승우는 펭귄스에서 좋은 투수로 성장할 수 있을 것이다. 정영우가 볼 수 있는 곳에서 말이다.

"내가 봤을 때 우린 결국 꼴등 할 것 같다. 꼴등 하면 좋지. 너도 펭귄스에 들어와야 하지 않겠냐."

정영우는 한결 밝아진 표정으로 정승우 쪽을 돌아본다. 그리고 정승우의 표정이 굉장히 어두워진 것을 보고 놀란다. 정승우는 자기 형을 내려다보면서 말한다.

"꼴등 하면 좋아?"

정영우는 서나리와 나눈 대화를 생각한다.

"아니, 좋은 건 아니지만. 구단에 서나리 팀장이 들어오고 이제 장기적인 비전이란 게 생겼거든. 이번에 1군에 엄청 신기한 훈련 장비도 많이 들어왔다. 너 무중력 러닝머신이라고 들어봤냐? 수조 안에 러닝머신이 있는데, 물 채우고 뛰는 거야. 무릎에 무리가 전혀 안 가."

"그 휴스턴 애스트로스에서 온 사람?"

"응. 그만한 야구 전문가가 없을 거야. 그러니 걱정 말고…."

정승우는 정영우가 말하는 중에 끼어든다.

"형, 그런데 그 사람이 계속 남아 있을 수 있어?"

"그게 무슨 소리냐."

정승우가 침착하게 답한다.

"지금 펭귄스 단장도 낙하산이고, 그 사람도 단장이 꽂은 사람이잖아. 단장이 언제 나가리 될지 모르는데, 그럼 그런 혁신도 언제 갑자기 끝날지 모르지. 그럼 난 그냥 이상한 팀 들어가게 되는 거고."

"아니, 그건…."

정영우는 반박할 말을 찾기가 힘들다. 정승우는 말을 잇는다.

"텍사스 레인저스 스카우터한테 연락받았어. 드래프트 참여 안 하고 미국으로 갈 생각은 없는지 묻더라."

"미국에서 연락이 왔다고?"

정승우는 고개를 끄덕인다.

"나는 미국 갈 거야."

정승우가 몸을 돌려서 방으로 들어가려 한다. 정영우가 정승우의 팔을 붙잡는다. 정승우가 인상을 찡그리며 몸을 돌린다. 정영우는 목소리를 내리깐다.

"야, 우리가 계속 말하잖아. 한국에서 드래프트 참여하고, 적어도 6년은 한국에서 뛴 다음에 미국으로 포스팅해서 가라고. 너 모르냐? 미국에서 루키부터 야구하는 게 얼마나 힘든지 모르냐고. 고등학생 때 좀 잘나간다고 바로 미국 갔다가, 마이너리그에서 식빵만 먹고 하루 종일 버스 타고 싶어? 그렇게 해서 망한 사람이 셀 수가 없다. 여기서 시작하는 게 훨씬 안전해."

정승우는 쯥 하는 소리를 내고는 말한다.

"아니, 난 잘 모르겠는데."

"그래도 가족이랑…."

정승우는 정영우의 팔을 뿌리친다. 이젠 정승우가 정영우보다 훨씬 힘세고 강하다. 정영우의 가슴이 미친 듯이 뛴다. 서나리 정도 되는 사람이 구단 시스템을 설계한다는 말이면, 정승우를 설득할 수 있을 거라고 생각했다. 하지만 정승우는 훨씬 더 많은 것을 생각하고 있었다. 정영우는 갓 성인이 된 동생을 미국에 보내는 상상을 해본다. 인종차별을 당하거나 재능 발휘에 실패하는 동생의 모습이 그려진다.

그 상상은 너무 끔찍해서 받아들일 수가 없다. 그건 정영우 자신이 죽는 것보다 무섭다.

　서나리는 구단 사무실 근처에 마련한 작은 오피스텔의 침대 위에 신생아 같은 자세를 취한 채로 누워 있다. 오피스텔 내부는 서나리의 마음속과 비슷하여 별다른 가구나 전자제품이 없고 야구 관련 서적과 서류만이 가득하다. 테이블 위에 있는 자료들은 특기할 만한데, 그곳에는 고교야구 유망주들이 공을 던지거나 배트를 휘두르는 폼이 찍힌 사진 여러 장이 자석으로 고정되어 있다. 사진 옆에는 서나리가 직접 마커로 쓴 분석 내용이 적혀 있다. 잠시 눈을 빤히 뜨고 있다가, 서나리는 침대에서 일어난다. 그녀는 처음 한국에 왔을 때 샀던 수면유도제 약통을 찬장에서 꺼내 든다. 약통에는 방습제 말고는 남은 게 없다. 그녀는 인상을 찡그리고 약통을 통째로 쓰레기통에 던져넣는다. 잠이 오지 않는다. 그런데 몸은 휴식을 갈구한다. 애매한 상태다. 서나리는 화장실로 들어가 거울 속 퀭한 자기 자신과 대면한다.

　너무 힘들다.

　서나리의 의식의 표면으로 애써 억누르고 있던 생각 하나가 스쳐 지나간다. 물론 힘들었던 적은 많다. 박사 논문을 쓸 때도 미칠 듯이 힘들었고, 처음 야구 업계에서 일하기 시작했을 때도 괴로웠다. 하지만 서나리는 지금 이 순간이, 그 어느 때보다 힘든 것 같다.

사실 구단의 시스템을 설계하는 것은 예상했던 것보다 훨씬 덜 힘들다. 정말로 힘든 것은 유진성 감독이 대놓고 하는 견제, 인터넷 사이트의 잔인한 악플들 그리고 자신의 계획을 의심하는 것 같은 프런트 사람들의 차가운 시선이다. 서나리는 너무 힘들고 괴로워서 아무한테나 기대 울고 싶다는 생각을 아주 오랜만에 한다.

일 자체는 괜찮다. 아니, 서나리는 자기가 일을 사랑하는 것을 부정하지 않는다. 하지만 일을 잘하기 위해 해내야 하는 인간적인 일들은 그녀에게 너무 고통스럽다. 십수 년 전에, 한국을 떠나면서 언젠가 다시 돌아와 한국 야구판에 최신 야구 트렌드를 도입할 거라고 다짐했던 과거가 떠오른다. 지금 그녀는 그 목표를 향해 질주하고 있다. 하지만 그 목표는 마치 태양과 같다. 가까이 다가갈수록 그 열기가 그녀를 불태울 것만 같다.

그때, 밖에서 휴대폰이 진동하는 소리가 들린다. 서나리는 화장실 밖으로 나가 이 시간에 연락한 무례한 사람이 누구인지 확인한 다음, 전화를 받는다.

"여보세요?"

정영우의 목소리가 들려온다.

"죄송합니다, 팀장님. 이 시간에. 그런데 꼭 말씀드려야 할 것 같아서요."

"네, 저는 괜찮습니다."

"음….."

정영우가 뜸을 들인다. 서나리는 그 목소리에서 희미한 고뇌를 느낀다. 마치 말하고 싶지 않은데 억지로 말하려는 것만 같다. 서나리는 그 고뇌를 굳이 기다려 줄 만큼 마음의 여유가 없다. 그녀는 말한다.

"괜찮으니까 용건만 빠르게 말씀해 주시겠어요."

"어… 저기… 그러니까….."

"아니면 내일 다시 연락 주셔도 되고요."

"저기, 승우가 텍사스 레인저스에서 연락을 받았어요. 승우는 꼭 미국 가고 싶어 하는 것 같고요."

예상치 못했던 사건은 아니다. 정승우의 재능은 확실히 비범하다. 메이저리그의 구단들은 언제나 유망주에 목말라 있으며, 그들의 시선은 전 세계를 아우른다. 그러나 예상했다고 해서 그 사건이 불편하지 않은 것은 아니다. 서나리는 피로한 티를 내지 않으면서 대답한다.

"그렇군요. 일단은 알겠습니다."

"저, 말씀드리고 싶은 게 하나 더 있는데요."

"네."

"그러니까 승우가 하는 말이, 음, 죄송하지만, 팀장님이 시

스템을 구축할 만큼 오래 계시지 못할 거 같은데 그럼 펭귄
스에 들어와서 시간만 헛되이 쓰는 게 아닌가, 그렇게 말하
더라고요."

"그럴 수도 있겠죠."

서나리는 전화기 너머로 정영우가 내뱉는 깊은 한숨 소리
를 듣는다. 마치 영혼이 빠져나가는 듯한 소리다. 서나리도
한숨을 쉬고 싶은 지경이다. 정영우가 말한다.

"팀장님. 저는 동생을 어떻게든 한국에 남기고 싶어요. 제
가 동생을 설득할 수 있도록 도와주실 수 있나요?"

서나리는 잠시 뜸을 들이다 말한다.

"정영우 씨."

"네."

"제가 한국 야구 문화에 익숙하지 못한 것은 맞아요. 하지
만 저는 그냥 휴가나 보내려고 한국에 온 게 아니에요. 저는
어떤 일이 있어도 펭귄스를 정상적인 구단으로, 아니 훌륭한
구단으로 만들어 놓을 거고요. 그러니까 절 믿어주세요."

잠시간의 침묵. 서나리는 슬슬 전화를 끊을 생각을 한다.
그때 갑작스레 정영우가 숨을 한번 들이켜더니 말한다.

"네…. 팀장님, 그리고… 저기, 사실은 제가, 아니 다른 선
수가, 해외 축구판에 베팅을 하는 것 같거든요."

"스포츠 도박을 하고 있다고요?"

"네, 그게, 승부조작은 아닌데, 완전히 관련이 없는 건 아니니까."

"그러면 안 되는 거 아시잖아요. 누굽니까?"

다시, 정영우는 아무 말도 하지 않는다. 죄책감일까? 서나리는 시간을 낭비하지 않는다.

"이상훈 선수, 맞죠?"

곧 정영우는 구토하는 듯, 흐느끼는 듯, 목소리를 쏟아낸다.

"네…. 상훈이요."

서나리는 골똘히 생각한다. 이제 이상훈을 트레이드 매물로 쓸 수는 없을 것이다. 이런 문제가 있는 선수를 넘겨줬다가 문제가 터지기라도 하면, 구단은 엄청난 비난을 받을 것이다. 게다가 이제 이 비밀을 정영우가 일아버렸다. 서나리는 한번 공유된 비밀은 더 이상 비밀이 아님을 알고 있다. 그래도 이상훈의 자리를 비우는 데 이 정보는 충분히 쓸모가 있다. 서나리는 2군에 오랫동안 박혀 있던 젊은 선수들 중 이상훈을 대체할 만한 선수를 떠올려 본다. 도박 문제로 인한 징계라면 다른 선수를 1군에 올릴 수 있는 확실한 명분이 된다. 서나리는 오랜만에 반가운 소식을 들은 듯 즐겁다.

"잘 알았습니다. 알려주서서 고마워요. 잘하신 거예요."

"저는 후배가 잘되기를 바라는데… 걔는 왜 그런 위험한 걸 해서…."

서나리는 아이를 달래듯이 말한다.

"괜찮습니다. 일단 오늘은 좀 주무세요."

"네, 감사합니다. 팀장님."

"저도요."

전화가 끊긴다. 서나리의 가슴이 두근거린다. 팀을 위하여 팀을 파괴할 방법을 찾아낸 그녀는, 그 모순에서 오는 희열에 주먹을 꽉 쥔다.

응원 팀을 바꾸다니
그건 말이 안 되죠

8월이 끝나감에도 계절을 잊은 햇빛이 지상을 불태우고 있다. 평균 36도의 온도로 그을린 양지 위에서 하유미는 담배를 피운다. 좁다란 흡연 구역은 하유미와 비슷한 처지의 사람들이 모여 있어 온도는 확실히 36도보다 더 높다. 그들 모두가 니코틴과 타르에 대한 갈망이 생존 본능보다 강력하다는 것을 선 채로 증명하는 존재들이다.

예전처럼 회사 앞의 흡연 구역을 쓸 수 있다면 좋았을 것이다. 그곳은 심지어 에어컨도 틀어준다. 하지만 하유미는 담배를 피우다 하현승에게 걸리는 리스크를 감내하고 싶지 않다. 아빠가 어떤 식으로 자기를 쫄 것인지 정확히 알고 있기 때문이다. 그동안 겪은 여러 가지 사건으로, 하유미는 하현승의 과보호 혹은 억압이 그의 비틀린 사랑의 표현이기도 하다는 것을 알고 있다. 알고 있음에도 그 표현과 타협하고 사는 것은 쉽지 않다. 하지만 어쨌든 부녀는 어떻게든 사랑과 원망 사이에서 균형을 찾아냈다. 그런 것 같다. 아마도.

요즘 하유미는 담배를 예전보다 훨씬 많이 피운다. 원래는 하루에 다섯 개 정도면 충분했던 것 같은데, 이제는 반 갑 이상은 피운다. 가끔은 자기도 모르게 한 갑을 다 피워버려서 스스로 놀랄 때가 있다. 담배 자체의 중독성 때문에 많이 피우는 것도 있겠지만, 하유미는 스트레스 탓이 더 크다고 생각한다.

구단 직원으로 살면 재미있을 거라고 생각했다. 그런데 막상 해보니 정말 그런지는 잘 모르겠다. 바깥에서 보기만 하는 것과 내부의 플레이어가 되는 것은 참 다른 일이다. 물론 바깥에서 보아도 펭귄스가 보기 좋은 구단은 아니지만.

이상훈의 스포츠 도박 건은 펭귄스를 아주 효과적으로 파괴했다. 한국야구위원회는 이상훈에게 1년의 자격 정지 징계를 내렸다. 사실 이상훈은 영구 제명 처분을 받았더라도 이상하지 않았을 것이다. 그나마 야구에 베팅한 적은 단 한 번도 없다는 사실이 사람들의 동정을 샀다.

펭귄스에서 몇 안 되는 유의미한 전력, 이상훈이 사라지면서 팀은 확실히 약해졌다. 선수단을 잘 장악하겠다는 유진성 감독의 이미지도 먹칠당했다. 이제 프런트가 별다른 행동을 보이지 않아도 펭귄스는 알아서 지고 또 졌다. 그리고 그 패배는 곧 서나리의 승리였다.

물론 서나리가 아직 완전한 승리를 거둔 것은 아니다. 참패, 완패, 석패 등 온갖 방식으로 패배하고 있음에도 펭귄스는 아직 꼴등이 아니었다. 플래티퍼스. 그 팀은 펭귄스의 위대한 행보에도 불구하고 여전히 제일 아래에 있다. 그게 산술적으로 가능하기나 한 것인지 하유미는 모르겠지만, 플래티퍼스는 지고 또 진다. 그 팀은 항상 그랬다.

끝끝내 담배 한 갑을 다 피운 하유미는 회사 쪽으로 유유히 걸어간다. 펭귄스 그룹의 사옥은 강남에 즐비한 별 특징 없고 재미없는 건물이지만, 최근 흥미로운 볼거리가 생겼다. 사옥 앞에 전광판이 달린 트럭과 근조화환이 늘어선 것이다.

트럭 전광판에는 날마다 다른 문구가 쓰여 있다. 하유미는 오늘은 어떤 메시지가 적혀 있는지 살펴본다. 유진성과 서나리, 하현승을 동시에 규탄하는 내용으로 셋 다 제발 구단에서 나가라는 문구이다. 하현승을 바지사장이라고 욕하는 표어가 퍽 창의적이다. 하유미는 웃으면서 사진을 찍어서 그것을 하현승에게 보낸다. 딱 하현승 나이대의 아저씨가 쓸만한 이모티콘이 곧 돌아온다.

처음 아빠의 이름이 적힌 근조화환이 회사 앞에 배달됐을 때 하유미는 진짜로 하늘이 무너지는 느낌이었다. 하현승이 급사라도 한 줄 알았던 것이다. 그러다가 근조화환이 굳이 사옥 앞으로 올 리가 없다는 생각을 하고 나서야 이게 펭귄스 팬덤의 시위라는 사실을 깨달았다. 시위는 그 이후로도 계속 진행되고 있다.

사람의 마음은 참 빠르게 닳는다. 처음 그 전광판만 봐도 마음이 쪼개질 것만 같던 하유미는, 이제 이런 시위를 전문으로 하는 트럭 기사들이 꽤 편하게 돈을 벌 수 있을 거라는 생각을 한다. 트럭에 전광판을 설치하고 메시지를 띄운 다음 그냥 회사 앞에 세워두기만 하면 되니까. 이것이야말로 새 시대의 새 먹거리 아닐까.

사옥 13층에 도착한 하유미는 회의실로 들어가서 주섬주섬 정리를 하기 시작한다. 삼십 분 뒤에 회의가 예정되어 있다.

오늘 회의 안건은 군대다. 한국 20대 남자들에게 군 문제야 당연히 중요하지만, 스포츠 선수들에게 그 무게감은 특히 막중하다. 국가대표로 선발되어 군 면제(엄밀히 말하면 예술체육요원으로 공익 근무를 하는 것이지만)를 받는 경우도 있긴 하지만, 대부분은 군대에 간다. 신체의 절정기를 프로에서 쓰기 위해

입대를 미루는 경우도 있고, 빨리 해치우고 프로 생활에 집중하기 위해 곧바로 입대하는 경우도 있다. 회의실 상석에 앉은 서나리가 말한다.

"저는 작년에 뽑은 신인들은 웬만하면 가능한 한 빨리 군대에 보내야 한다는 입장이거든요. 차현영과 성녹진 둘을 제외하면 아직 문제가 많은 편인데, 장기적으로 육성 시스템이 더 나아질 것을 생각하면, 지금 갔다 오는 게 더 낫지 않을까 싶네요. 의견 개진해 주세요."

첫 폭풍을 견뎌낸 이후, 이제 구단 직원들은 서나리를 단장 대리로 받아들인다. 선수 출신이든 아니든 말이다. 하유미는 한편에 앉아 그녀가 하는 말을 타이핑한다. 인공지능이 대부분 다 받아 적고, 그중 몇 가지 오류만 고치는 정도지만.

"둘 빼고 다 보내는 건 다소 극단적인 것 같습니다. 장기적으로 봤을 때 신인들을 더 활용하는 게 좋기도 하고, 1군에서 몇 번 테스트를 해보는 것도 좋을 것 같네요."

스카우트 팀 직원이 말한다.

"일단 신체검사 받은 선수들 중에 재검사해서 공익 판정이 나올 선수가 있는지 다시 확인해 보죠. 공익 먼저 처리하는 게 장기적으로 나을 것 같습니다. 공익 가는 선수들은 사실 별 불만이 없는 경우도 많습니다. 하하, 프로 생활보다는 편한 거죠."

이번엔 재활 팀 직원이다.

"신인들 군대 갈 때 좀 포장해서 사람들에게 알리는 것도 좋겠네요. 선수들은 장기적으로 잊히는 걸 두려워하는 경우도 많거든요. 2년 가까운 시간이면… 사실 그렇게 길지는 않지만, 아직 어린 선수들한테는 두려울 수 있고요."

마케팅 팀 직원이 말한다.

장기적, 장기적, 장기적… 하유미의 녹취록에 끝없이 이 한 단어가 늘어난다. 하유미는 밍기적, 장기적 같은 '적' 라임을 맞춰본다. 케인즈의 "장기적으로 보면 우리 모두 죽는다."는 말도 떠오른다. 미국의 시카고 컵스가 108년 동안 메이저리그에서 우승하지 못했다는 전설적인 역사도. 그사이에 나고 죽은 컵스 팬들은 평생 우승을 단 한 번도 보지 못할 거라고 상상이나 했을까?

인공지능의 발달은 무섭기도 하지만 참 좋은 일이기도 하다. 회의 내내 딴생각을 할 수 있으니까. 이십 분 정도 지나서, 하유미는 익숙한 소리를 듣고 공상에서 깨어난다. 회의를 끝낼 때마다 서나리는 습관적으로 검지로 책상을 리드미컬하게 네 번 친다.

서나리는 말한다.

"네, 그러면 일단 올해까지 군대 보낼 선수 세 명이 결정됐네요. 각각 오늘 안으로 연락하고 면남해 주세요. 특이 사항 있으면 저한테 보내주시고… 뭐, 장기적으로 더 나은 시스템이 기다리고 있는데, 굳이 지금 사회에서 승률 30%짜리 게임을 계속하고 싶지 않겠죠. 다들 현명한 선택을 할 거예요.”

빠르다. 서나리는 회의에서 모든 의견을 귀담아듣는 듯하다. 하지만 거의 항상 회의는 서나리가 미리 정해둔 방향으로 흐른다. 처음에 작년에 뽑은 신인을 두 명 빼고 전부 군대로 보내는 게 어떠냐고 한 말조차 계획된 것일 수 있다. 세 명으로 추리기 위해서, 일단 많은 수를 지르고 본 것이다. 그래서인지 구단 직원들은 별달리 이의를 제기하지 않는다. 서나리는 서류철을 정리하면서 씩 웃는다.

“그럼 다들 수고하셨습니다. 먼저 들어가 보셔도 좋아요. 저는 잠시 여기서 뭐 좀 더 정리하려고요.”

“예, 수고하셨습니다!”

“좋은 하루 되세요.”

각 팀 직원들이 인사를 나누고 회의실 밖으로 사라진다. 하유미는 뭐랄까, 이것이 조금 독재적이라는 느낌을 받는다. 물론 회사의 의사 결정 과정이 항상 민주적이라고 말할 수는 없을 것이다. 하지만 구단의 직원들은 서나리의 결정에 지나칠 정도로 이의를 제기하지 않는다. 그들 모두가 서나리가 말하는 대로 장기적인 계획을 이야기한다. 장기적, 장기적, 장기적으로 괜찮아질 거니까.

서나리의 넘볼 수 없는 전문성도 아마 한몫할 것이다. 서나리가 메이저리그에서 가져온 최신식 야구 이론은 이곳 사람들 대부분에게는 사실상 외계인의 언어다. 여러 분석 기기들과 훈련 장비들이 착착 들어오고 있는데, 그 사용법도 서나리밖에 모른다. 서나리는 개의치 않고 직접 뛴다. 하유미는 서나리의 전문성을 여전히 동경한다. 무언가 하나에서 독보적인 영역을 개척하는 것이 멋지다고 생각한다. 하지만….

"아, 녹취록은 정리해서 곧 보내드릴게요. 팀장님."

하유미는 짐을 챙기면서 말한다. 태블릿에 뭔가 메모를 하고 있던 서나리가 고개를 든다.

"하유미 씨, 잠깐. 제 말 좀 들어봐요."

"아, 네?"

서나리는 아랫입술을 엄지로 살짝 괴고는 말한다.

"개인적으로 부탁하고 싶은 게 있어요."

"아, 무엇인가요?"

"오는 길에 트럭 보셨죠? 화환도 있고."

하유미는 멋쩍게 웃으면서 고개를 끄덕인다.

"프런트가 공격받고 있지만, 사실 이제 어느 정도 컨트롤되고 있는 것 같은데요. 유진성 감독도 공격의 대상이 됐으니까… 여론이 분산이 됐다고 해야 하나."

"그건 맞는 말인 것 같아요. 그래도 뭔가 이상하지 않나요?"

"음… 화환이나 트럭 시위는 사실 꽤 많이 하는 편이라….”

서나리가 피식 웃는다.

"신기하더군요. 처음엔 깜짝 놀랐는데, 이렇게도 의사 표현을 하는구나 싶어서. 근데 문제는 이걸 매일매일 한다는 거죠. 화환값만 해도 비용이 한두 푼이 아닐 텐데. 계산해 보니 매일 적어도 백만 원은 쓰는 것 같더라고요.”

"그럼 한 달만 해도 꽤 큰 돈인데요. 그 정도 돈을 써서라도 의사 표현을 하고 싶으신 분들이….”

"극성 팬덤들이 모으는 거죠. 허들러스라고 하죠?”

"아. 네, 맞습니다.”

하유미가 고개를 끄덕인다.

"저는 그 코어 팬덤 사람들이 걱정이에요. 계속 돈을 쓰고 있다는 건, 어떻게든 영향력을 행사하려고 한다는 거고, 팬덤한테 휘둘리는 구단은 최악이죠. 지금까지야 사실 헛돈 쓰는 것처럼 보여도 이전에 삼보일배로 유진성 감독까지 불러왔다면서요. 이 사람들을 어찌하면 좋을까. 의견 있어요?”

하유미는 천장을 바라본다. 그녀는 멍하니 생각한다. 서나리는 하유미를 다그친다.

"하유미 씨?”

하유미의 얼굴이 붉게 물든다. 망설이고 있다가, 그녀는 말한다.

"그게, 사실은, 팀장님. 오해하지 말고 들어주세요."

서나리가 호기심에 찬 눈으로 하유미를 바라본다. 하유미는 다시 한번 얼굴이 화끈해지는 것을 느끼면서, 부끄러운 과거를 가까스로 이야기한다.

"사실 제가 프런트에 취직하기 전에, 음, 허들러스 카페 관리자였거든요. 그러니까 저도 펭귄스를 아주 좋아했고, 좋아하다 보니까요…."

"오, 그럼 유미 씨가 극성팬이었다?"

"음…. 틀린 말씀은 아닌데, 조금은, 아주 살짝은… 관련이 있죠. 당연히 여기 인턴으로 들어오고 나서는 활동 안 하고 있어요…."

"그럼 거기 사람들은 유미 씨가 프런트에 있는 건 모르죠?"

"아, 네. 그냥 취업했다고만…."

서나리가 손뼉을 친다.

"잘됐네. 유미 씨, 거기서 다시 활동해요. 오프라인 모임 같은 것도 참여하고!"

"제가요?"

하유미는 떨리는 눈으로 서나리를 바라본다. 서나리는 열정적으로 고개를 끄덕인다. 하유미는 망설이지만 그녀 스스로도 자신이 어떻게 말할지 알고 있다.

"네…."

하유미는 고개를 끄덕인다.

＊＊＊

사흘 뒤, 하유미는 한 치킨 호프집에 와 있다. 닭 모양으로 만들어진 네온사인 장식물이 인상적이고, 바닥은 찐득거린다. 그녀는 자기 앞에 있는 치킨과 맥주를 보면서, 문득 자신이 서울에 있는 집과 얼마나 떨어져 있는지 생각해 본다. 대략 150km 정도. 그리고 그녀는 테이블 너머의 사람들을 본다. 중년 남자 한 명이 말한다.

"산미 님! 올해 우리가 얼마나 그리워했는데. 요새 뭐가 그리 바쁘길래 이리 참여를 안 해요?"

산미는… 그러니까 하유미가 허들러스에서 쓰는 닉네임이다. 스스로에게 지어준 두 번째 이름을 들은 하유미는 기분이 이상해진다. 근 1년 만에 듣는 이름이니까. 하유미에게 말을 건 남자의 닉네임은 비숍킹이다. 하유미는 그 남자가 헬리콥터 조종사라는 사실 외에 그에 대해 아무것도 모른다. 심지어 본명마저도. 하지만 하유미는 그 남자가 누군지 안다고 느낀다. 하유미는 어색하게 웃으며 답한다.

"제가 취업을 해서, 이제 좀 바빠졌어요."

"오! 축하해요. 그럼 사회초년생인가?"

“그렇죠.”

“뭐 어떤 일 하는데?”

“그냥 마케팅 관련 일 해요.”

“아휴, 일 시작하니까 힘들지? 그래도 계속 펭귄스 응원해 줘서 고맙네. 나는 산미 님도 이제 팀을 포기했나 했어. 종종 와요. 산미 님.”

하유미는 진심에서 우러나온 미소를 띤다.

“감사합니다. 비숍킹 님.”

호프집에서는 스무 명 남짓한 사람들이 떠들썩거리고 있다. 하유미, 아니 산미를 포함한 대부분이 펭귄스 유니폼을 입고 있다. 하유미는 이 사람들이 회사 앞에 전광판 트럭을 세워두고 아빠의 이름이 적힌 근조화환을 보냈다는 것을 안다. 하지만 지금 하유미는 이상할 정도로 편안하다. 하유미는 주변을 둘러본다. 중년의 사람들뿐이다. 평소라면 말도 섞지 않을 사람들인데. 비숍킹이 말한다.

“요즘 그래도 야구 계속 보긴 하죠?”

“예.”

“하, 진짜, 하루이틀 하는 일이 아니긴 한데, 최근 10년 중에 올해가 최악이다 싶어. 프런트가 대놓고 구단을 꼴등으로 만들려고 하는 게 말이 돼? 이게 무슨 스포츠야.”

하유미는 억지로 미소를 지을 수밖에 없다. 그녀는 그의 말에 맞장구 친다.

"그러니까요."

비숍킹이 하유미 쪽으로 고개를 숙이고 소곤거린다.

"그거 알아요? 이상훈 스포츠 도박 걸린 거. 그것도 구단이 일부러 한 거라잖아. 1군 베테랑 치우려고."

하유미가 고개를 갸웃거린다.

"그런 이야기가 도나요?"

"네. 정설이에요. 솔직히 팬들은 다 알지. 비밀도 끝까지 숨길 수는 없고. 근데 구단이 선수를 지켜줘야지, 그렇게 해도 되나?"

"아…."

하유미는 기억한다. 서나리가 이상훈의 징계 소식을 자신에게 전하던 순간을. 서나리는 평소처럼 차갑게 말했지만, 솔직히 말하면, 그래 솔직히 말하면 서나리는 약간 들떠 보였다. 선수가 자기 신세 조진 것을 마치 구단의 호재로 느끼는 듯했다.

하유미가 어떻게 반응해야 할지 고민하는 그때 비숍킹이 갑자기 일어난다.

"펭귄 할배 오셨습까!"

하유미가 고개를 돌린다. 호프집 현관문 앞에는 꼿꼿하고 탄탄한 몸을 가졌지만, 그 얼굴 주름에서 도저히 나이를 숨길 수 없는 한 남자가 서 있다. 하유미는 곧바로 과거 뉴스를 장식하던 그의 화끈한 모습이 떠오른다.

이 할아버지가 펭귄스 구장에서부터 강남의 오피스 건물까지 삼보일배로 걸어오던 그 모습 말이다. 첫 이틀간은 프런트에서도 할아버지의 행보를 무시했다.

사흘째에 할아버지의 이마에서 피가 나기 시작하자, 그토록 구단에 무관심했던 천용희 구단주조차 마음을 돌렸다.

펭귄 할아버지, 허들러스를 이끄는 곽동근이다. 그는 접은 텐트 하나가 너끈히 들어갈 만큼 커다란 가방을 한 손에 들고 있다. 비숍킹이 곽동근에게 다가가 그를 자연스럽게 상석으로 이끈다.

"늦어서 미안합니다. 여러분."

곽동근이 가방을 내려놓고 앉는다. 그는 말을 잇는다.

"이번이 허들러스 214차 정모죠? 팀 꼬라시가 이런데도 많이들 나와줘서 고맙네."

다시 하유미 앞에 앉은 비숍킹이 그녀를 가리키며 말한다.

"그동안 안 오던 분도 오셨어요. 여기 산미 님."

모두 하유미 쪽을 바라본다. 곽동근이 말한다.

"이야, 진짜네. 박수 한번 드리자."

모두가 박수를 친다. 민망해진 하유미는 고개를 숙인다. 박수가 천천히 잦아들자 곽동근이 말한다.

"지금 팀 꼴이 누가 봐도 말이 아니니까 조용히 응원하던 팬들도 나올 수밖에 없는 거지. 이제 진짜 팬들이 단합해서 구단에 강력하게 시위해야 돼요. 팬이 힘이 있어야 구단도 좋게 굴러가는 법이라고."

비숍킹이 나선다.

"그런데 지금까지 트럭에만 몇백 넘게 썼는데 아무런 움직임도 없잖아요?"

"그래. 그런 건 아무 의미가 없다는 거지. 사람이 실제로 나서야지, 사람이 안 나서고 돈만 써봤자 소용없어. 나 유진성 감독 데려오려고 삼보일배 했던 거 기억나지?"

모두가 고개를 끄덕인다. 유진성 감독을 데려온 것이 과연 팀에 이득인 일이었나 아니었나를 떠나, 곽동근의 삼보일배는 단 한 명의 팬이 야구에 관심 없는 구단주를 흔들어 놓은 대사건이었으니까. 비숍킹이 말한다.

"그럼 생각해 두신 게 있으세요?"

"마음 같아서는 버스라도 뒤집고 싶다만…."

곽동근의 말을 듣고 하유미의 가슴이 콩닥거린다. 그동안 실제로 팬들이 선수단 버스에 불을 지르거나 하는 사건이 있기도 했다. 하지만 그건 전체적으로 한국 사회가 지금보다 조금 덜, 살짝 덜 근대화되어 있던 때, 대부분의 한국인들이 합리적이지만 무정하고 차가운 도시인이 되기 전의 일이다.

"요즘은 그런 시대가 아니지. 나도 그 정도는 알아요. 평화, 비폭력… 그렇게 가야죠. 맞지?"

곽동근의 뒤이은 말 덕분에 하유미는 안심한다. 곽동근이 들고 온 커다란 가방의 지퍼를 끄르고, 그 안에 개어져 있는 옷 중 하나를 꺼낸 다음 일어선다. 그는 그 옷을 펼쳤고, 옷을 본 하유미는 입을 벌린다. 조금 조악하긴 하지만, 그것은 펭귄 모양의 커다란 슈트다. 옷이라기보다는 입는 차렵이불 같은 느낌이다. 곽동근이 웃는다.

"이거 입고 항의하는 것 정도는 뭐 아무것도 아니지?"

＊＊＊

샤크스와의 원정 시리즈가 막 끝난 일요일이다. 펭귄스는 자연의 법칙이 그러하듯, 세 개의 경기를 치르고 세 번의 패배를 했다. 원정 선수용 통로로 선수단이 고개를 숙인 채 걸어 나온다. 정영우도 그 틈에 끼어 있다. 선수들은 조용히 이야기를 나눈다. 오늘 야식은 뭘 먹을까? 패배의 관성이 승부에 대한 집념을 무디게 만들고 있다.

후배 이상훈의 베팅 사실을 서나리에게 알리던 그때, 정영우는 그 죄책감에서 평생 벗어날 수 없을 거라고 생각했다. 그나마 팀에서 공을 칠 줄 아는, 자기를 존경하는 후배의 꿈을 직접 꺾어놓은 것이라고 할 수 있으니. 하지만 정영우는 이제 홀가분하다. 어찌 그의 잘못이라고 할 수 있겠나? 이상훈 본인 잘못이지.

팀의 끝없는 패배에도, 정영우는 이전보다 피로감을 덜 느낀다. 정영우는 서나리가 말한 장기적인 계획을 생각한다. 이 패배 하나하나가 펭귄스가 추진력을 얻기 위한 후퇴 아니겠나? 결국 장기적으로 팀은 나아질 것이고, 정승우도 결국 만족할 것이다. 이 모든 것이 자기 동생을 위한 잠시의 희생이라고 생각하면, 정영우는 아무렇지도 않다.

정영우는 기분이 좋다. 주차장으로 나가기 전까지는 말이다. 야구장을 나온 선수단은 주차장에 아주 흥미로운 광경이 펼쳐져 있는 것을 목격한다.

이럴 수가, 수많은 펭귄들이 버스를 둘러싸고 있다. 아니, 정영우는 곧 자기가 착각했다는 것을 깨닫는다. 온몸을 감싸고 얼굴까지 가리는 펭귄 옷을 입은 사람들 서른 명 정도가 버스를 촘촘히 둘러싸고 있다. 버스 위에는 후드를 벗고 있어 얼굴이 분명하게 보이는 늙은 남자가 현수막을 들고 서 있다.

"펭귄스는 각성하라."

바로 곽동근이다. 그가 소리를 내지른다.

"유진성 감독!"

선수단 사이에 있는 유진성 감독이 나선다.

"뭐 하시는 거요, 이게? 나이도 먹을 대로 먹은 양반이."

커리어의 황혼기에 접어든 노감독과, 21세기 이후 한 번도 우승을 보지 못했으면서도 끝없이 팀을 응원하는 늙은 팬이 서로를 노려본다. 곽동근이 유진성에게 손짓하면서 말한다.

"당신, 내가 누군지 알죠?"

유진성은 팔짱을 낀 채로 고개를 끄덕인다.

"알면 뭐요?"

"아니, 팬이 그렇게 성의를 보였으면, 선수단도 성의를 보여야 하는 거 아니에요? 이번 시즌, 대체 이게 뭡니까? 야구하고 싶은 거 맞습니까? 그나마 잘하는 놈도 도박이나 하다가 출장 정지당하고. 경기에서 지더라도 끝까지 투쟁심을 보여줘야지. 안 그러니까 지금 우리가 이러는 거 아니에요."

둘러싸서 그들을 지켜보고 있던 펭귄스의 팬 한 녕이 "옳소." 하고 소리 지른다. 곧 사람들 사이에 동요가 번져나간다. 정영우는 한숨을 쉰다. 스스로 팬이라고 자처하는 이들. 구단에게 중요한 것이 무엇인지도 모르면서. 그는 이미 서나리처럼 생각하고 있다. 기세등등해진 곽동근이 말한다.

"우리가 그래, 솔직히 말해서 잘하는 팀은 아니지. 그래도 지금처럼 히마리 없이 매일 지기만 하는 게 말이 됩니까? 상훈이가 있을 때는 안 그랬어요. 상훈이 얘기 나오니까 말하는 건데, 그것도 구단에서 조용히 넘어갈 수 있는 걸 리빌딩 명목으로 쳐낸 거 아니에요?”

이상훈의 이름이 들리자 정영우는 뜨끔하다. 동시에, 누군가 노래를 부르기 시작한다.

“홈런, 날려라 홈런. 오오오, 펭귄스의 이상훈. 홈런, 날려라 홈런. 오오오….”

이상훈의 응원가다. 그의 힘에 걸맞은 웅장하고 장엄한 노래다. 하나둘, 사람들이 응원가를 따라 부르기 시작한다. 후드를 쓴 허들러스도, 일반 펭귄스 팬들도. 누가 지휘를 하는 것도 아닌데 사람들의 노래가 공명하기 시작하고, 따로따로 마음대로 부르던 노래가 하나 된 합창으로 변하기 시작한다. 노래는 마치 장송곡처럼 들린다. 이를테면 죽은 펭귄스의 영혼에 바치는 노래. 선수단들은 모두 고개를 푹 숙이고 있어서 코가 땅바닥에 닿을 것 같다.

정영우의 가슴이 마구 뛴다. 노래가 마치 그를 힐난하는 것처럼 들린다. 네가 후배 인생을 망쳤어. 그냥 구단 선에서 조용히 묻을 수 있는 일이었는데. 그래, 네 인생이 앞길 창창한 후배보다 중요하지? 넌 그것밖에 안 되는 인간이야. 부끄러움을 모르는 인간. 머릿속이 핑핑 돈다. 앞에 있는 선수들을 제치고 정영우가 나선다.

“저기요!”

팬들 모두가 정영우를 바라본다.

"저희도 팬분들을 실망시키고 싶지 않아요. 그런데 말은 제대로 하셔야죠. 상훈이 일은 본인이 잘못한 건데 그게 어떻게 구단 잘못입니까? 그리고 저희가 뭐, 지고 싶어서 지는 줄 아세요?"

선수들 몇몇이 목소리가 높아지는 정영우를 만류한다. 하지만 정영우는 거침없다.

"그게 선수가 할 말이야?!"

곽동근도 소리 지른다. 정영우는 코웃음을 친다.

"우리 지금 원정 왔잖아요. 홈으로 돌아가서 정비해야 하는데, 선수들 휴식 시간도 안 주고 몰아세우는 건 팬이 할 일입니까?"

팬들이 야유하는 소리를 낸다. 정영우의 이름을 직접 언급하는 욕설도 들린다. 그 욕을 들으면서 정영우는 이상한 자신감이 차오른다. 지금까지 항상 정영우는 팬들 앞에서 자기가 제대로 된 선수가 아닌 것 같아 민망하고 부끄러웠다. 하지만 이제, 그는 자기가 올바른 편에 서 있는 것만 같다.

정영우는 후배 선수들이 붙잡는 것을 뿌리치고 버스 쪽으로 다가간다. 펭귄 후드를 입은 사람들이 길을 막는다. 정영우는 그들 앞에 서서 말한다.

"제가 여러분들을 힘들게 하는 겁니까, 여러분들이 저를 힘들게 하는 겁니까?"

펭귄스 후드를 입은 사람들은 냉장고 크기의 야구선수가 자기 앞에 서 있는 것을 보고 겁을 먹은 듯 아무 말도 하지 않는다. 정영우가 매섭게 내려보자, 조금씩 그들이 물러선다. 천천히 대열이 흩어지기 시작한다.

바로 그때, 곽동근이 버스 위에서 뛰어내린다. 정영우 앞으로, 쿵! 정영우의 눈동자가 커진다. 꽤 높은 곳에서 떨어졌음에도, 곽동근은 아무렇지 않게 일어선다. 그 광경을 보고 있는 사람들은, 곽동근이 공수부대 출신이라는 이야기를 떠올린다. 진짜인가 봐!

갑자기 그가 소리를 지르면서 정영우에게 달려든다.

"야 이 새끼야! 네가 선수 새끼야?!"

곽동근이 정영우를 밀친다. 비록 곽동근이 정영우보다 훨씬 작지만, 정영우는 예상치 못한 폭력에 당황하여 균형을 잃고 엉덩방아를 찧는다. 곽동근이 정영우의 멱살을 잡는다. 정영우는 어떻게 해야 할지 알지 못한다. 필요하다면 당연히 정영우는 곽동근을 반으로 접어버릴 수 있다. 하지만 그가 신체적 폭력을 쓰는 건 말도 안 되는 일이다.

사태의 심각성을 깨달은 허들러스와 선수단들이 모두 달려온다. 펭귄 슈트를 입은 사람들 몇몇이 달라붙는데도 곽동근은 정영우에게서 떨어지지 않으려고 한다. 그가 몸부림치면서, 누군가의 후드가 벗겨진다.

그 난리통에서 정영우는 익숙한 얼굴을 발견한다. 벗겨진 후드로 하유미의 얼굴이 보인다. 둘의 시선이 교차한다. 정영우는 혼란스러운 눈으로 그녀를 바라본다. 그는 눈빛으로 말한다. 당신이 여기 왜 있어?

그사이에, 경찰차 몇 대가 주차장 내로 진입한다.

경찰서 내부는 야구장에서 잡혀 온 사람들로 바글거린다.

"저기… 저 이제 전과 생기는 건가요? 불법 집회 같은 걸로?"

하유미는 사색이 된 표정으로 경찰 앞에서 말한다. 조서를 쓰고 있는 경찰은 피식 웃는다.

"구단 측에서 처벌을 바라지도 않고, 뭐 휘말리신 거니까. 별일 없을 서예요."

"부모님한테 연락이 가는 건 아니죠?"

"네, 네. 그러니까 솔직하게 상황만 말해주세요."

하유미는 한숨을 쉬면서 책상에 두 팔을 얹고 머리를 부여잡으며 고개를 숙인다. 그녀는 주저하다가 말한다.

"그게, 그러니까… 허들러스라는 펭귄스 팬클럽이 있는데요. 여기가 좀, 뭐랄까, 극성이에요."

"원래 거기 회원이시고? 그러면 평소에 이런 극단적인 응원 많이 하시는군요?"

"아니, 아뇨. 그런 건 아닌데, 그러니까 제가요…."

하유미가 손을 내저었다가, 마른세수를 한번 하고는 말을 잇는다.

"그게 사실, 그냥 요즘 팀 꼴이 워낙 마음에 안 들어서, 펭귄 옷 입고 버스를 둘러싼다는 게 꽤 재밌어 보였거든요. 그러니까… 허들러스잖아요. 그래서 허들링. 아, 저만 재미있나요."

"네. 아무튼 이런 폭력 사태가 일어날 줄 몰랐다?"

"네…."

"그래서 말리셨던 거고요?"

"예. 예. 그분이 원래 좀 과격한 분이시긴 한데, 오늘따라 더 흥분하셨던 거 같아요."

하유미는 서나리가 자기가 이런 시위를 보고도 하지 않고 참여해 버렸다는 사실을 알면 어떻게 반응할지 궁금하다. 분명히 비이성적이고 비합리적이라고 생각하겠지. 하지만 하유미는 도저히 이 유혹을 뿌리칠 수가 없었다. 너무 재미있을 것 같았다. 그리고 실제로 재밌었다. 재미 그 이상이었다. 버스에 모여서 이상훈의 응원가를 부를 때, 하유미는 어떤 커다란 존재와 합일하고 확장되는 느낌을 받았다. 너무나도 즐겁고 아름다운 경험이었다.

하지만 그런 폭력 사태가 일어날 것이라고는, 하유미는 상상도 못 했다. 아니 사실은, 이런 일이 뻔히 일어나리라고 생각했을지도 모른다. 일탈과 합일의 욕구가 의무감을 파묻어 버린 것일지도. 그것은 하유미 스스로도 알 수 없는 일이다.

아니, 버스를 실제로 뒤집어 버렸으면 어땠을까. 하유미는 그 공상을 이겨내려 애쓴다.

"일단 알겠습니다. 다음에는 좀 적당히 응원하시고."

경찰은 피식 웃으면서 말을 잇는다.

"그런데… 이건 그냥 개인적으로 궁금한 건데요. 꼴등 팀을 응원 안 하시면 되는 일 아닌가요? 이렇게 계속 감정 소모할 일 없이요."

"예?"

하유미는 얼굴을 찌푸린 채 경찰관을 바라본다. 경찰이 말한다.

"제기 야구를 안 봐서 잘 모르긴 하는데, 그때그때 잘하는 팀 응원하면 안 되나요?"

만약 친구가 이렇게 물었다면 하유미는 정말로 욕을 했을지도 모른다. 하유미는 지금 상황을 생각하며, 최대한의 이성을 발휘한다. 하유미는 표정과 자세를 바로 한 채로, 천천히 말한다.

"응원 팀을 바꾸다니 그건 말이 안 되죠. 선생님…. 처음 응원하는 팀을 고르면 가족이 되는 건데, 가족이라는 건 좋든 싫든 가족이죠. 마음대로 바꿀 수 있으면 가족이 아니죠. 아무리 밉고 싫어도, 심장에 새겨져 있는 자국을 바꿀 수는 없잖아요."

"그 정도인가요?"

"스포츠란 건 그런 거죠. 좋든 싫든, 사랑하든 미워하든, 우리 팀은 우리 팀이에요."

하유미는 스스로도 놀랄 정도로 단정적으로 말한다.

하유미는 영혼이 절반은 새어 나간 듯한 표정으로 경찰서를 걸어 나온다. 자정이 넘은 시간이다. 어디서 무얼 하고 있느냐는 하현승의 메시지에 하유미는 답하지 않는다. 하현승이 어떤 끔찍한 상황을 상상하더라도, 경찰서에서 조사받고 나왔다는 말은 도저히 할 수가 없다. 어떤 거짓말을 해야 할지도 모르겠다. 그냥 요즘 새로 만나는 애가 생겼다고 하는 게 훨씬 더 나을지도 모른다. 그러다가 하유미는 시위에 참여한 전사들이 초라한 몰골로 경찰서 앞에 모여 있는 것을 본다.

그냥 지나쳐 가려다가, 호기심이 동한 그녀가 사람들 쪽을 향해서 묻는다.

"집에 안 가세요…?"

비숍킹이 하유미를 보고는 말한다.

"집에 가긴 왜 가. 오늘 대성공했는데, 다 같이 한잔해야지. 펭귄 할배도 기다리고."

하유미는 잠시 시선을 돌리다가, 아무 말 없이 고개를 끄덕이고는 사람들과 살짝 떨어진 곳에 선다.

그녀는 사람들을 관찰한다. 모두가 펭귄스 유니폼을 입고 있다. 하유미는 그중 2004년에 유행했던 디자인을 보고 놀란다. 그 유니폼 뒤에 새겨진 이름과 등번호 하나하나가 펭귄스에서 뛰었던 전설적인 선수들이다. 솔직히 하유미가 잘 모르는 선수의 이름도 있다. 비록 전설적이지 않았더라도 어쨌든 한 사람이 마음속에 평생 품어두기로 한 선수일 것이다. 사랑이라는 단어 없이 그것을 표현할 방법이 있는지 하유미는 잘 모르겠다. 그 순간 하유미의 머릿속에 떠오르는 것은 다름 아닌 사옥 앞의 근조화환이다. 유니폼에 새겨진 선수의 이름과 근조화환에 새겨진 구단 사람들의 이름. 그것 역시 사람들이 구단을 사랑하기에 한 일이라고 할 수 있을 것이다.

사랑은 너무나 강력한 감정이고 수많은 모습으로 발현한다. 하현승이 하유미를 절대 독립시키지 못하는 것도 사랑의 표현일 것이다. 사랑은 갈망이고 속박이며 응원이며 원망이다. 하유미는 약간 불쾌하고, 조금은 기쁘다.

몇 분 지나지 않아 곽동근이 경찰서에서 걸어 나온다. 사람들이 환호한다. 경찰 한 명이 나와서 밤중에 소란 피우지 말라고 하자 환호는 잦아든다. 그러나 환호가 있든 없든 곽동근은 개선식을 펼치는 장군처럼 떳떳하고 자랑스럽게 걷는다. 비숍킹이 다가간다.

"오늘 뉴스에 다 우리 이야기예요. 아 역시, 펭귄 할배이십
니다."

곽동근이 호탕하게 웃는다.

"다 여러분들 덕분이지. 결사단 아냐, 결사단. 우리가 팬의
힘을 보여줬다고."

곽동근은 사람들을 둘러본다. 오래된 동지들을 확인하는
것이다. 그러다 곽동근이 하유미를 가리킨다.

"아, 산미! 산미 자네 진짜 대단하더라고."

하유미가 스스로를 가리키며 말한다.

"저요?"

곽동근이 고개를 끄덕인다.

"그래. 요즘 야구장에 젊은 여자 팬들 많이 오는 거야, 알
고 있었는데. 아, 나는 솔직히 말해서 어린 여자애들이 무슨
야구를 아나 싶었지. 그냥 젊은 남정네들 보러 오려는 거 아
닌가 했는데. 근데 오늘 보니 그게 참 내가 나이가 들어서 편
견이 있었구나 싶더라고. 이렇게 진짜 야구를 사랑하는 팬도
있는데 말이야."

"진짜 야구를 사랑하는 팬이요⋯."

하유미는 쓴웃음을 짓는다. 또 한 번 자기를 얼빠라고 놀리
던 옛 남자친구의 얼굴이 떠오른다. 진짜 야구를 사랑하려면

버스에 선수들이 들어가지 못하게 막아야 하나. 서나리처럼 모든 것을 계량하고 통제하려 드는 것은 야구를 진짜 사랑하는 것이 아닐까. 그리고 그 밑에서 팀의 패배를 도우려고 하는 자신은 야구를 진짜로 사랑하는 것인가. 어떤 방식으로든 하유미는 야구를 사랑하고 있는데.

곽동근도, 서나리도, 하유미도 모두 야구를 사랑하는 것 같은데. 그 사랑의 표현이 너무나 달라서, 하유미는 무엇이 더 나은 것인지 이제 모르겠다.

"그렇게 말해주셔서 감사합니다."

그 모든 의문을 털어놓는 대신, 하유미는 가볍게 한마디 한다. 곽동근이 고개를 끄덕이고는 모두를 둘러보면서 말한다.

"자, 그럼 오늘은 다 같이 한잔할까?"

"저는 지금보다 더 늦게 들어가면 아버지한테 너무 혼날 것 같아서….'

하유미가 끼어든다.

"아, 알겠어. 들어가 봐요."

"다들 수고 많으셨습니다."

꾸벅 인사하고, 하유미는 사람들의 시선이 닿지 않을 만한 거리로 택시를 부른다. 하유미는 지금까지 메시지에 답하지 않은 이유를 최대한 짜내고 짜내서 하현승에게 보내면서 밤거리를 터벅터벅 걷는다. 머릿속이 주걱으로 휘저은 것처럼

복잡하다. 그때 하유미의 휴대폰이 울린다. 택시가 도착했다
고 알림이 왔나 싶었는데, 하현승의 전화다.

"응, 아빠?"

서늘한 하현승의 목소리가 돌아온다.

"너 아빠한테 거짓말했지."

"아, 무슨 거짓말이야. 미안, 미안. 오늘 원정 경기 보러 간
다고 미리 말했어야 했는데…. 지금 친구 집에서 택시 타고
올라가려고."

"인터넷에 너 사진 찍혀서 다 올라왔다. 구단 직원이라는
말도 이미 돈다."

하유미는 하늘이 쿵 하고 떨어지는 소리를 들은 것만 같다.
몇 초의 시간이 흐른 다음에야 하유미는 그게 그녀의 심장이
떨어지는 소리였다는 사실을 깨닫는다.

★ ★ ★

집으로 돌아온 정영우는 멍하니 소파에 앉아 있다. 몸 곳곳
에 멍이 들었다. 그 상처는 아프지 않다. 그러나 그는 자기 심
장을 쥐어짜는 듯한 고통을 느끼고 있다.

전화벨이 울린다. 정영우는 휴대폰을 든다. 별로 이야기하
고 싶지 않은 사람이지만, 받아야 하는 전화다.

"네, 팀장님."

"오늘 일은 정말 상상도 못 했네요. 몸은 괜찮으신가요?"

서나리의 목소리가 들린다.

"저는 괜찮습니다."

"또 별일은 없었나요?"

"경찰서 잠시 들른 것 빼곤 없었습니다. 전 괜찮아요."

"인터넷 스포츠난 안 보셨나 보군요."

"네?"

서나리가 한숨을 푹 쉰다.

"어디서부터 말해야 할지…. 오늘 나서긴 왜 나서신 건가요?"

"그게…."

"아니에요. 됐습니다. 좋은 밤 되세요."

서나리의 목소리에는 깊은 실망이 묻어 있다.

"아, 알겠습니다."

전화가 끊긴다. 정영우는 잠시 휴대폰을 바라보다가, 그것을 엎어놓고 다시 소파에 기대 눈을 감는다. 마음이 너무 바쁘다.

"이 밤중에 여자랑 통화를 다 하네. 애인이야?"

번개처럼 눈을 뜬 정영우는 목소리가 들린 방향으로 고개를 돌린다. 정승우가 서 있다. 언제부터 거기 서 있었는지 알 도리가 없다. 정영우는 억지로 웃으면서 말한다.

"아, 뭐, 그냥. 애인은 아니고, 그냥 가끔 이야기하는 사인데. 됐냐? 미안하다."

"그렇게 가까운 사람한테, 알겠습니다, 뭐 이런 식으로 말해, 형은?"

정승우가 말한다. 정영우는 어떻게 둘러대야 할지 잘 모르겠다.

"아 그게, 그냥 복잡해."

"형, 근데 지금 인터넷에 도는 이야기 알지?"

"응?"

무슨 말이냐는 표정으로 정영우는 되묻는다.

"형이 나서놓고 모른다는 게 웃기다. 봐봐. 이번에 그 펭귄 후드 쓴 팬들 있지? 그중에 아는 사람 없었어?"

정영우는 아무 말도 하지 않는다. 그는 기억한다. 하유미와 눈이 마주쳤던 바로 그 순간을.

"있잖아. 블라인드에서 펭귄스 내부 폭로가 올라왔는데, 오늘 버스 막은 팬 중에 구단 인턴이 섞여 있다는 거야. 근데 그 인턴이 이번 시위에 사진이 딱 찍혔다는 거지. 그리고 그 인턴이 사실은 낙하산으로 온 단장 딸이고. 팀 꼴등 만들려고 프런트에서 사람 꽂은 거 아냐? 이런 난리 나면 또 팀 분위기 개판 될 테니까."

형제는 서로를 바라본다. 정승우는 말을 잇는다.

"사실 형도 거기에 낀 거지? 이상훈 선수 찌른 것도 형이고? 그 선수랑 룸메이트였잖아."

정영우는 자신의 창의력으로는 이 상황에서 벗어날 거짓말을 지어낼 도리가 없다는 것을 깨닫는다. 정영우는 정승우를 보지 않는다.

"그렇다고 승부조작을 한 건 아냐. 경기에선 언제나 열심히 뛰었다. 팀장한테는 그냥 선수단 분위기 정도만 전해주는 거지."

"대체 왜 이러는 건데?"

"뭐가."

"아니, 그냥. 솔직히 말해서 좀 추하잖아. 형, 형 운동선수 아냐? 운동선수가 꼴등을 위해 노력하는 게 말이 돼?"

정영우는 주먹을 꽉 쥐고 일어선다. 그는 자신보다 10cm 가까이 큰 동생을 올려다본다. 자신이 직접 기저귀까지 갈아준 동생. 그 큰 사랑 덕분인지 동생에게는 단 한 번도 손찌검한 적이, 아니 큰소리조차 낸 적이 없었다. 그러고 싶다는 생각도 하지 않았다. 그런데 지금 정영우는 동생을 때리고 싶다. 정영우는 자꾸만 가빠지려는 호흡을 바로 하고, 주먹을 쥐었다 폈다 하다가 말한다.

"내가 뭐 때문에 이러는 건지 알아?"

"뭐 때문에 그러는데?"

정영우는 정승우를 가리킨다.

"다 너 때문이야. 널 위해서 이러는 거라고. 네가 미국 가서 개고생 안 하고, 한국에서 전문가가 만든 시스템으로 크고, 어? 여기서 제대로 훈련받으라고 이러는 거라고. 다 널 위해서 이러는 거라고."

정승우는 자기를 노려보는 정영우의 시선을 피하면서 한숨을 쉰다. 그는 말한다.

"내가 그러라고 한 적 있어?"

"뭐라고?"

"내가 형한테 그래달라고 한 적 있냐고. 내가 망하든 말든 간섭하지 말라고 했지, 이렇게 추한 모습 보여달라고 했어?"

"그래도 내가 널 위해서 한 일인데…."

"형."

정영우는 아무 말도 하지 못한다.

* * *

작렬하던 태양도 이제 슬슬 그 광란의 열기를 조금씩 거두는 계절이다. 남은 경기는 스무 게임. 꼴등 플래티퍼스와 펭귄스는 두 게임 차이다.

이제 곧 의미가 없어질지도 모르는 수치들을 생각하면서,

서나리는 백팩을 메고 차에서 내린다. 오후 세 시, 펭귄스 홈 구장 주차장이다. 차가운 빗방울 몇 개가 서나리의 뺨을 스친다. 오늘 홈경기를 진행할 수 있을지 모르겠다. 서나리는 선수와 구단 직원용 출입구로 걸어간다. 출입구를 지키는 경비원이 그녀를 막아서려고 하다가, 길을 내준다. 서나리를 알아본 것이다. 서나리는 고개를 살짝 까딱한 다음 구장 내부로 들어선다.

목표한 곳으로 가면서 서나리는 몇몇 선수와 스태프들을 마주친다. 형식적인 인사를 교환한다. 서나리는 등 뒤로 쏟아지는 시선을 느낀다. 시선, 시선, 시선. 서나리는 그들의 시선에 담긴 감정을 생각하지 않으려고 한다. 그들이 자신을 보고 무슨 생각을 하고 있는지 생각하지 않으려고 한다. 하지만 생각하지 않으려고 할수록 생각할 수밖에 없다.

인터넷에 올라온 그 수많은 비난들을 서나리는 곱씹는다. 얼마 전까지만 해도 아무 신경도 쓰지 않을 수 있었다. 근조 화환이 사옥에 오든 말든 상관이 없었다. 그 정도는 노이즈일 뿐이라고 생각했다. 유진성에게서는 이미 승리를 거뒀다고 생각했다. 그러나 서나리는 빠르게 무너지고 있었다. 실수다. 하유미가 그렇게 멍청한 일에 끼어들 거라고는 계산하지 못했다. 이 멍청한….

아니, 어쩌면 진짜 미련한 사람은 서나리일지도. 팀의 등수

하나도 마음대로 할 수 없는데, 사람들의 마음을 어찌 다 서나리가 통제할까. 세상은 야구보다 훨씬 복잡하다. 서나리는 그 생각을 무의식의 저편으로 던져버린다. 문제는 서나리가 아니다. 문제는 세상의 꼰대들이다.

곧, 서나리는 홈구장의 감독실 앞에 도착한다. 서나리는 노크하지 않는다. 그녀는 곧바로 문을 연다. 마음 같아서는 발로 부숴버리고 싶다. 안에서 무언가를 메모하고 있는 유진성이 보인다. 유진성은 인상을 찡그리고 서나리를 올려다본다.

"뭐야."

서나리는 등에 메고 있던 백팩을 의자에 올려놓는다. 가만히 서서, 서나리는 유진성을 쏘아보며 말한다.

"감독님, 블라인드에 올라온 폭로 글 중에 관계자가 아니면 도저히 알 수 없는 내용이 있더라고요. 블라인드도 쓰시고, 저보다 한국 커뮤니티는 훨씬 더 잘 아시네요."

"내가 무슨 그런 걸 신경 쓰나. 그런 걸 내가 직접 쓰지는 않지. 내부 불만이 있었겠지."

"아, 본인이 쓰지는 않았다. 솔직히 좀 영악하시네요."

유진성은 능구렁이처럼 웃음 짓는다. 그것은 승부사의 미소다. 서나리는 잠시 숨을 가다듬고는 말한다.

"제가 욕먹는 건 괜찮아요."

서나리는 거짓말을 한다. 괜찮지 않다. 비난 하나하나가 서나리의 정신을 좀먹는다. 하지만 그것만큼은 누구에게도 드러내고 싶지 않다. 아무렇지도 않은 척, 서나리는 말을 잇는다.

"그런데 하유미 씨는 사회초년생이에요. 인터넷에서 너무 많은 욕을 먹어서 무기한 병가를 줬어요. 20대가 그걸 버틸 수 있다고 생각하시나요?"

"구단 직원이 그러고 있는 걸 내가 어떻게 알아? 애초에 그쪽 잘못 아닌가. 여기저기 자기 사람 막 꽂아 넣으면 큰일 나."

어느 정도는, 맞는 말이다. 서나리는 어금니가 평평해질 정도로 이를 꽉 깨물고 있다가 말한다.

"애초에 감독님이 구단 내부 사정을 그런 식으로 내보내지 말았어야죠."

"구단에서 먼저 감독과 협조를 해야 하는 거 아니었을까? 그리고 애초에 나는 도와주고 있었잖어. 지고 있잖아, 요새."

서나리는 백팩을 열고, 가장 앞에 들어 있는 서류 한 장을 꺼내 유진성에게 내민다. 하현승에게 간신히 승인받은 서류다. 유진성은 그 서류를 살펴본다. 서나리는 말한다.

"자진사퇴 하시면 남은 연봉은 보장해 드리겠습니다. 여기서 끝을 내시죠."

유진성은 서류를 구겨서 쓰레기통에 집어 던진다.

"나는 펭귄스가 좋아요. 내 야구를 할 수 있게 그냥 협조만 해주면 된다니까."

"협조요?"

유진성이 고개를 끄덕인다. 서나리의 언성이 높아진다. 도저히 주체할 수 없다.

"이미 한물간 고참들만 쓰는 20세기 야구를 하는 데 협조하라고요? 신인들을 평생 2군에 처박고, 그나마 체력도 부족한 고참들은 하루 종일 훈련시켜서 부상 입히는 데 협조하라고? 당신이 지금 선수들이랑 구단 미래 망치고 있는 거, 알기나 해?"

유진성은 그저 웃는다.

"야구는 해봤어요? 해보지도 않은 사람이 말은 참 잘한단 말이지. 외부에서 보면 모든 게 쉬워 보여요. 그렇잖아?"

"스물여덟 살에 선수 생활 은퇴했죠?"

서나리가 유진성에게 손가락질하면서 말한다. 이제 유진성의 표정도 일그러지기 시작한다. 서나리는 다시 차분해진 채로 말을 잇는다.

"저도 알아봤어요. 당시 군 생활 3년 치면 프로로 오륙 년 정도 뛰셨네요. 어깨 부상으로 은퇴하셨고. 기록을 보니까 거의 매일 경기에 나왔더군요. 그 정도면 5년이나 뛴 것 자체가 기적이에요. 현대적으로 관리했으면 적어도 서른은 넘겼을 거예요."

"그래서 뭐. 지금 상황이랑 내 이야기가 무슨 상관인가?"

"감독님은 스스로의 비극을 반복하고 싶나 봐요? 그렇죠?
아닌가요?"

유진성은 아무 말도 하지 않는다. 서나리가 백팩을 안아 든
다. 그녀는 유진성의 책상 쪽으로 걸어가면서, 하유미와 스크
린 야구장을 갔던 기억을 떠올린다. 유진성에게 훨씬 더 가
까워진 서나리는 말한다.

"그래요. 나 선수 생활 해본 적 없어요. 시속 90km짜리 공
도 제대로 못 쳐요. 신체적으로는 야구를 어떻게 하는지 하
나도 몰라요. 근데, 이게 내 야구야."

서나리는 백팩을 거꾸로 뒤집는다. 서류철들이 책상 위로
쏟아진다. 예상치 못한 서나리의 행동에 유진성은 자기도 모
르게 어 하는 소리를 내면서 뒤로 살짝 물러난다. 유진성 쪽
으로 휘날려 오는 서류 몇 장에, 수많은 데이터가 빼곡히 기
록되어 있는 것이 보인다. 유진성은 낭황을 숨기지 못하고
말한다.

"이게 무슨…."

"이해할 거라고 기대하지도 않아요. 알아서 해보세요."

서나리는 이제 비어버린 백팩을 집어 던진다. 차가운 분노
로 가득한 채로, 그녀는 감독실을 나간다. 문이 닫힌다. 유진
성이 문에서 시선을 떼는 데 어느 정도 시간이 걸린다. 그는
인상을 찌푸리면서 책상 위에 쏟아진 서류철들 쪽으로 시선

을 돌린다.

유진성은 자신에게서 멀어진 책상을 향하여 왼팔을 뻗는다. 바로 그 순간, 그는 왼쪽 어깨에 통증을 느낀다. 스물여덟 살에 은퇴한 이후로 그를 꾸준히 괴롭히고 있는, 아무리 시간이 흘러도 결코 익숙해질 수 없는 통증이다.

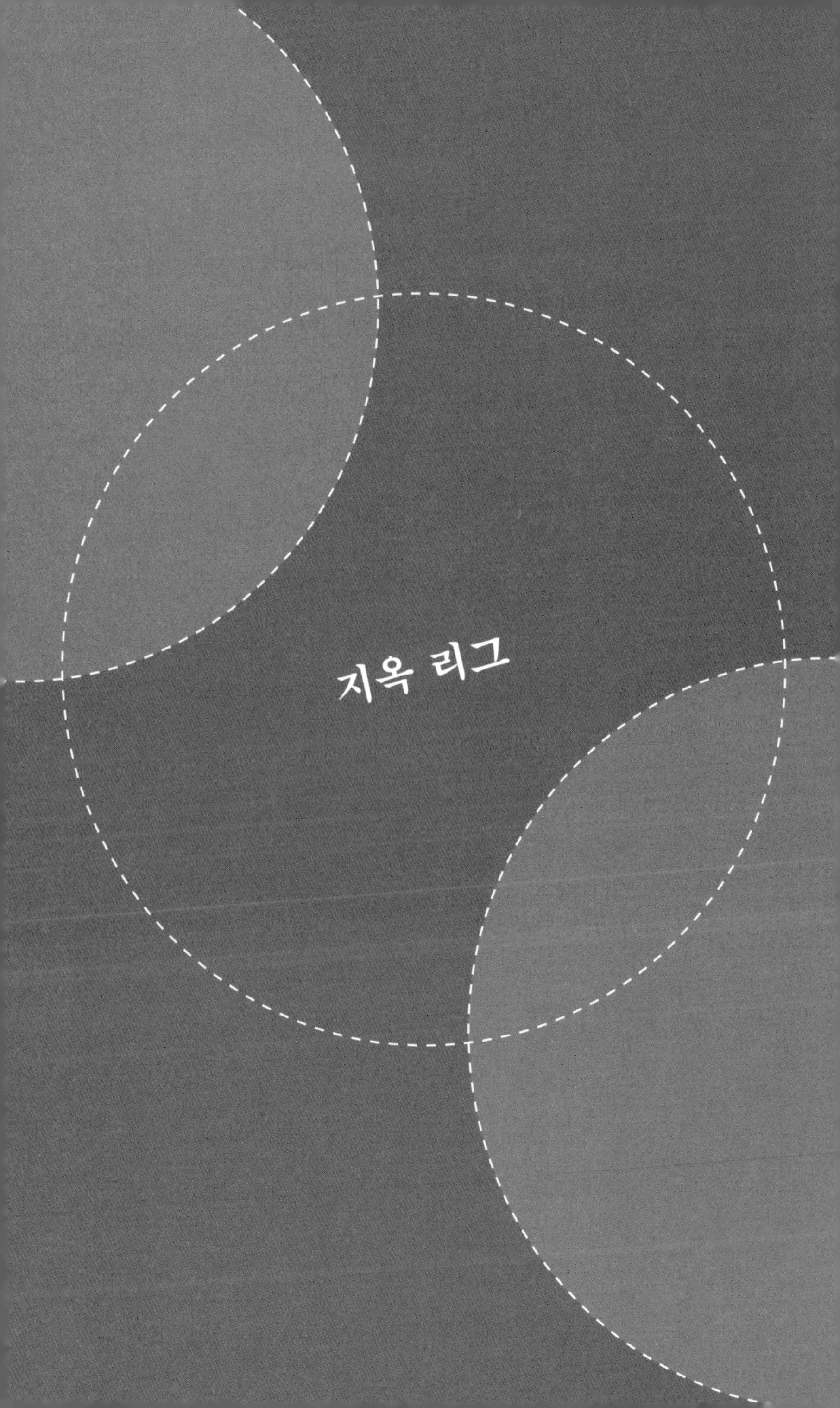
지옥 리그

하현승은 엘리베이터에 탄다. 그는 약간 떨리는 손을 버튼
으로 가져간다. 습관처럼 펭귄스 구단 사무실이 있는 13층을
누를뻔하다가 한숨을 쉬고는 41층을 누른다.

41층은 회장 천용희가 통째로 점유하고 있는 공간이다. 거
침없이 날아오르던 하현승에게는 그리운 공간이기도 하다.
전에는 틈만 나면 드나들었지만, 펭귄스 단장이 된 이후로
다시는 찾을 수 없던 곳.

엘리베이터가 움직이면서 관성이 하현승을 짓누른다. 하
현승은 엘리베이터 벽면에 기대서 다리를 떤다. 최소한, 야
구단을 리빌딩하는 동안에는 천용희와 다시 만날 일이 없으

리라고 생각했다. 천용희는 그만큼 야구에 관심이 없다. 어떤 사람들은 신이 세상을 만든 이후 더 이상 개입하지 않기로 했다고 믿는다. 마찬가지로, 천용희는 야구단을 소유하고 있으나 여기에 개입할 생각은 전혀 없다. 아니, 하현승은 그렇게 믿었다. 그런데 왜 천용희가 자신을 부르는 것일까.

문이 열린다. 검은 양복을 입은 경호원들이 여럿 서 있다. 다들 익숙한 얼굴이다. 천용희의 비서가 나와서 말한다.

"하 상무님, 오랜만에 뵙습니다."

이제 더 이상 하현승의 것이 아닌 직위다. 그는 자신이 단장으로 좌천되었다는 사실을 다시 한번 되새긴다. 회장실 앞에서 비서가 익숙하게 노크하고 문을 연다.

회장실에는 한강의 풍경이 확실하게 보이는 커다란 통창이 나 있다. 마침 그 통창으로 햇빛이 쏟아진다. 역광 때문에 그 앞의 의자에 앉아 있는 한 노인의 얼굴이 제대로 보이지 않는다. 천용희다. 좋든 싫든 하현승이 수십 년간 따른 사람이자 그 긴 시간 동안 존경하게 된 사람이기도 하다. 그것이 진심이든 자기합리화 기제이든. 하현승은 벌벌 떨면서 꾸벅 인사한다.

"어, 앉아."

천용희는 손짓한다. 그 익숙한 제스처를 보고, 하현승은 천천히 앉는다. 천용희는 말한다.

"하 상무, 그동안 잘 지냈어?"

"네. 잘 지내고 있습니다."

"그래? 야구단 단장이 잘 맞나 보지?"

하현승은 긍정해야 할지 부정해야 할지 헷갈린다.

"아… 네, 회장님. 사실 야구를 잘 몰라서, 잘할 수 있을까 싶었는데, 이제 좀 감을 잡은 느낌입니다."

천용희가 피식 웃는다. 하현승은 천용희의 표정을 보고 본능적으로 위기를 감지한다. 그 웃음은 같잖다는 뜻이다. 수십 년 동안 천용희를 옆에서 본 하현승은 이를 잘 알고 있다. 하지만 이 순간, 하현승은 무엇 때문에 천용희가 자신을 비웃는지 알 수 없다. 천용희가 입을 연다.

"그래서 지금 펭귄스 순위가 어떻게 되지?"

하현승은 조심스럽게 말한다.

"플래티퍼스와 공동 9위입니다."

"그러니까 꼴등이라 이거지. 왜 그런 건가?"

야구에 아무 관심도 보이지 않던 천용희가 왜 이런 질문을 던지는 걸까? 의문을 곱씹을 새도 없다. 하현승은 마치 왕 앞에 선 대역죄인처럼 고개를 조아리다가 말한다.

"팀이 오랜 세월 동안 시스템이 망가져 있어서, 전문가를 데려와서 재건을 진행하는 중입니다. 꼴등은 그 과정에서 어쩔 수 없이 해야 하는 일종의 전략적인 선택입니다. 꼴등을 하는 게 더 좋은 유망주를 뽑을 수 있기 때문에 애매하게 하위권에 있는 것보다…."

"평계는 다 댔나?"

저성과자들을 질책할 때마다 나오는 천용희의 말버릇이다. 하현승은 말없이 고개를 숙인다. 천용희가 의자를 반쯤 돌리고, 햇빛을 받는다. 그가 입을 뗀다.

"며칠 전에 야구단 구단주들끼리 모임을 했어."

"아, 네."

하현승은 천용희가 구단주 모임은 빠지지 않고 참석하는 것을 안다. 어쩌면 그 비정기적인 모임이야말로 천용희가 1년에 수백억 원씩이 드는 야구단을 계속 유지하는 이유일지도 모른다. 이런 부자들은 서로 간의 네트워크가 중요하다고 믿으니까.

천용희가 꿍한 표정으로 말한다.

"김용석이 알지?"

"네."

하현승은 고개를 끄덕인다. 김용석은 플래티퍼스의 구단주다. 2000년대 초반에 IT 벤처 사업으로 대성공한 김용석은 딱딱하게 굳어 있던 한국 자산가 순위에 커다란 균열을 내며 떠올랐다. 그리고 천용희는 그를 좋아하지 않는다.

그것은 일종의 사업가적인 생존 본능일지도 모른다. 김용석의 회사는 새로운 시대를 맞아 승승장구하고 있다. 하지만

건축과 고전적인 제조업이 그 기반인 천용희의 회사는 저성
장기를 맞아 미래가 불투명하다.

"그 어린놈의 새끼가 나를 조롱하더라고."

"조롱이요?"

"그래. 펭귄스는 왜 이렇게 쓸데없이 뉴스에 많이 나오냐
고. 게다가 펭귄스는 돈도 많이 쓰는데, 돈도 거의 안 드는 자
기네 플래티퍼스랑 똑같이 꼴등이라잖아. 그게 효율의 차이
아니겠냐고 그러더라니까."

하현승은 천용희의 시선을 피한다. 김용석이 천용희의 역
린을 찌른 것이다. 새 시대의 참신하고 효율적인 경영. 하현
승은 천용희의 생각을 어렵지 않게 짐작할 수 있다. 자신이
낡은 존재라는, 자기가 만들어 낸 역린에 찔린 것이다. 하현
승은 서나리에게 배운 대로 이야기한다.

"회장님, 플래티퍼스도 저희랑 비슷한 전략입니다. 꼴등을
하는 탱킹 전략이요. 김용석이 의도적으로 회장님을 도발한
게 아닐까 싶습니다."

"일부러 꼴등 하는 걸 전략이라고 부를 가치가 있나? 괜히
쓸데없이 사람을 불러와서 말이야. 그냥 감독 말대로 하지,
내가 돈을 얼마나 들였는데!"

천용희의 기운이 화염처럼 하현승을 뜨겁게 한다. 드래프
트 제도에 대해서 상세하게 설명을 할 수도 있을 것이다. 그

러나 하현승은 아무 말도 하지 못한다. 천용희가 지금 보이는 반응은 매우 감정적이다. 이성적인 설명으로 뭐라도 해결할 수 있는 상태가 아니다.

"됐고, 이제 몇 경기 남았나?"

천용희가 묻는다.

"이틀 뒤가 마지막 경기입니다. 마침 상대가 플래티퍼스입니다."

"꼭 이겨. 어떤 일이 있더라도, 그 어떤 일이 있더라도 김용석이 그놈 밑에 깔리면 안 돼."

천용희가 다그치듯 말한다. 하현승은 고개를 끄덕인다. 천용희는 선고를 내리듯 말한다.

"이번에도 꼴등 하면, 구단은 매각되는 걸로 생각하고 있어."

"알겠습니다."

하현승은 침울한 표정으로 고개를 숙인다.

"나가봐."

천용희가 손짓한다. 하현승은 일어나서 인사를 하고 걸어 나온다. 삐 하는 이명이 들리고, 자신을 둘러싼 세상이 희미하게 느껴진다. 손발이 저리기 시작하더니 자신의 몸이 자신과는 다른 존재이고, 그저 거기에 탑승해 있는 것 같다는 기이한 느낌을 받는다.

하현승은 자기 몸에 갑자기 이상이 생겼나 싶어 덜컥 겁이 난다. 하지만 그의 몸은 비서의 안내에 따라 엘리베이터 쪽으로 저벅저벅 잘만 걷고 있다. 그는 진땀을 흘린다.

엘리베이터에 타 13층을 누르자, 문이 닫힌다. 혼자 남게 되자 그는 거의 주저앉을 뻔하다, 간신히 균형을 잡는다. 엘리베이터가 하강하는 것을 느끼면서 하현승은 호흡한다. 그는 살아 있다. 그의 육체는 언제나처럼 비슷하게 건강하고 비슷하게 낡아 있다. 지금 그가 겪고 있는 것은 총체적인 정신적 문제의 신체화다.

이번에야말로, 하현승은 도저히 자신이 어떻게 할 수 없는 위기에 부딪힌 것 같다는 느낌이 든다. 야구단에 취임할 때도 끔찍한 느낌이었지만, 그래도 나름대로 다시 돌아올 수 있다는 믿음이 있었다. 게다가 서나리를 데려오면서 그에게는 작은 희망이 있었다. 재기의 바람이 불어올 거라는 그런 희망 말이다. 살면서 그가 겪어온 수많은 사건에는 적어도 희망이 한 조각씩은 있었다. 그래서 이겨낼 수 있었는데… 지금은?

만약 펭귄스가 마지막 경기에서 진다면? 천용희는 야구단 매각 같은 무서운 말을 농담처럼 하는 사람이 아니다. 천용희는 진짜로 야구단을 팔아버릴 것이다. 그렇다면 야구단을 새로 인수한 기업이 하현승을 계속 단장 자리에 둘 리가 없다. 그로써 하현승의 커리어는 끝장이 날 것이다.

그렇다고 펭귄스가 이긴다면? 이미 그는 대놓고 허수아비라는 말을 듣고 있다. 서나리도, 자신도 꺾여버릴 것이다. 둘다 보호할 수 없다면, 그렇다면 딸 하유미는 어떤 폭풍을 마주하게 될까?

희망, 하현승은 남은 희망이 뭐가 있는지 필사적으로 생각해 본다.

***

그로부터 얼마 지나지 않은 시간, 서나리는 자기 방에 앉아있다.

테이블 위에는 체스판이 올려져 있다. 서나리는 흑백의 말들이 규치에 맞게 나란히 정렬되어 있는 것을 본다. 싸구려 플라스틱에 불과하지만, 그녀는 그 플라스틱들 속에서 숨 쉬고 있는 질서를 느낀다. 아름답다.

벨이 울리고 서나리가 나가서 문을 연다. 하유미와 그 뒤에 서 있는 정영우가 보인다. 둘의 표정이 모두 어둡다. 특히 한 달 만에 본 하유미의 눈은 어시장에 진열된 생선 같다. 초점이 느껴지지 않는다. 서나리가 테이블 앞의 자리로 둘을 안내한다.

둘은 차례차례 서나리의 맞은편에 앉는다. 서나리가 문을 닫고 자리로 돌아온다. 둘은 체스판을 바라보고 있다.

"두 분은 체스 둘 줄 아세요?"

둘 다 고개를 젓는다. 서나리는 말한다.

"그래도 대충 규칙은 알죠?"

"네."

정영우가 말하고 하유미는 힘없이 고개를 끄덕인다. 서나리가 말한다.

"저는 중학교 때 정말 많이 뒀는데, 안 한 지 꽤 됐거든요. 그래도 제가 할 줄 아니까 2:1로 한 게임 할까요? 저는 시간도 잴게요. 15초 안에 수를 두는 걸로."

하유미는 체스판 옆에 있는 타이머를 흘깃 확인하고서는 답한다.

"네."

서나리가 먼저 하라고 손짓한다. 정영우와 하유미의 시선이 교차한다. 정영우는 폰 하나를 두 칸 앞으로 보낸다. 서나리는 전혀 망설이지 않고 자기 말을 움직이고 타이머 버튼을 누른다. 둘은 서나리의 움직임에 무슨 뜻이 담겨 있는지 전혀 모른다. 또다시 정영우는 말을 움직인다. 그러자마자 하유미가 입을 연다.

"선수님, 그건 좀⋯."

"물러줄 테니까 이야기하고 다시 둬요."

둘은 잠시 쑥덕대고는 한 수 무른 다음, 다시 말을 움직인다. 서나리는 이번에도 즉각적으로 반응한다. 나란히 정렬되어 있던 말들의 질서가 깨지고, 흑백이 뒤섞이기 시작한다. 어느샌가 체스판에 집중하고 있는 둘은 서로 1분은 속삭인 다음에 말을 움직인다. 서나리는 아무 말도 하지 않고 바로 반응한다. 15초라는 제한을 두는 것은 큰 의미가 없어 보인다. 평소에 체스에 전혀 관심도 없고, 무엇이 걸린 판이 아닌데도 정영우와 하유미는 초조해진다. 이전까지 한 번도 본 적이 없는 둘의 마음이 한 가지 목표를 위해 공명한다. 이기고 싶다는 목표다. 호승심에 사로잡힌 둘은 더욱 본격적으로 전술을 토의한다. 그때 하유미가 서나리의 빈틈을 발견한다.

"체크."

하유미가 나이트를 움직여 서나리의 퀸을 잡은 다음 말한다. 서나리는 아무 말 없이 비숍을 옮기면서 말한다.

"체크메이트."

"네?"

하유미가 놀란 듯 되묻는다. 서나리는 어깨를 으쓱인다.

"보세요."

둘은 체스판을 뚫어져라 쳐다본다. 말이 움직이는 모든 경우의 수를 계산해 본다. 하유미가 탄식한다.

"당연히 이긴 줄 알았는데…."

"그렇게 느끼라고 퀸을 내준 거예요."

하유미가 말없이 고개를 끄덕인다.

"어릴 때는 참 이런 게 이상하게 느껴졌어요. 어차피 게임의 목적은 상대의 킹을 잡는 건데, 퀸 같은 기물을 내주면 사람들이 거기에 혈안이 돼서 져요. 감정이 이성을 이겨서 리스크 관리가 안 되는 거죠. 나이트를 잡든, 룩을 잡든, 퀸을 잡든, 다 잡아도 킹이 잡히면 끝나는 건데. 옛날에는 그게 재밌다고만 생각했는데. 지금 생각해 보면, 그때 교훈을 미리 얻었어야 하는 거 아닌가, 싶기도 하네요."

"어떤 교훈 말씀하시는 겁니까, 팀장님?"

정영우가 묻는다.

"사람들한테 게임의 목적은 승리만이 아닌 것 같아요."

셋 사이에서 침묵이 흐른다. 서나리가 다시 한번 화두를 던진다.

"야구단의 존재 목적은 뭐죠?"

"승리?"

정영우가 답한다. 서나리는 고개를 젓는다.

"야구단은 리그에서 우승하기 위해 존재해요. 다른 분야는 2등도, 3등도 기억해 주겠지. 하지만 스포츠에선 1등뿐이에요. 여기에서의 경쟁이 훨씬 가혹한 거, 다 알잖아요? 생각해 보면, 스포츠라는 건 결국 검투사들이 칼을 맞대고 싸우던 것에서 시작한 거잖아요. 패배자는 죽는 거나 다름없지. 저는 야구도 비슷한 것 같아요."

서나리는 한숨을 쉰다.

"저는 한국에 오면서, 다들 똑같이 생각할 거라고 믿었어요. 우승만 할 수 있다면, 몇 시즌은 진다는 거엔 동의할 줄 알았죠. 그런데 그렇지 않네요."

"저, 팀장님. 그래도 선수들은 평생 야구만 해온 사람들이고, 개인 경력도 신경 쓰게 되니까요."

정영우는 항변하듯 말한다. 서나리는 고개를 젓는다.

"팀보다 위대한 선수는 없어요."

정영우는 아무 말도 하지 못한다. 하유미는 고개를 푹 숙인 채로, 허들러스 팬들의 모습을 떠올린다. 선수들의 이름을 유니폼에 새긴 사람들. 서나리는 하유미가 무슨 생각을 하고 있는지 전혀 모른 채로 말한다.

"조금 전에 다음 경기를 어떻게 해서든 이기라는 지시가 내려왔어요. 구단주가 단독 9위를 원한다고. 어떻게든 꼴등을 하고 싶었는데. 힘들겠죠. 이기든 지든 제가 구단에 계속 있을 수 있을지 모르겠네요."

"아니, 그러면 지금까지 했던 건…."

정영우가 당황하며 말한다. 서나리는 정영우의 시선에서 숨겨지지 않는 원망을 본다. 서나리는 이럴 때 상대에게 미안함을 느껴야 한다는 것을 알고 있다. 하지만 그 미안함이 정확하게 무엇인지 잘 모를 때가 있다. 미안하다는 말 대신 그녀는 다른 말을 건넨다.

"정영우 선수는 제가 책임질게요. 제 사비를 털어서라도 정영우 씨가 은퇴 후에 할 일을 찾아볼게요. 그리고 하유미 씨, 유미 씨는 야구 전문가가 되고 싶다고 했죠? 유학을 가거나, 메이저에서 커리어를 이어나가 보는 것도 괜찮을 거 같아요. 제가 추천해 줄 수 있어요. 스탠퍼드 쪽에서 아마도…."

예상치 못한 단호한 말투로 하유미가 말을 끊는다.

"팀장님."

조금 전까지 사색이 되어 있던 하유미가, 조금이나마 생기가 돌아온 얼굴로 말한다.

"저는 야구단의 목적이 우승만이 아닌 것 같아요."

"그럼 뭔가요?"

서나리가 흥미롭다는 듯 손깍지를 끼고 하유미를 본다. 하유미는 말한다.

"야구단은 팬들을 즐겁게 만들어 줘야 하는 것 같아요."

비록 말투는 불안정하지만, 그녀에게 확고한 자신감이 느껴진다. 예상치 못한 한마디에 서나리는 고개를 갸웃거린다.

"그건 팀이 우승하면 자연스럽게 이루어지는 목적 아닌가요?"

"그래도, 그래도….”

그녀의 얼굴에 조금이나마 깃들어 있던 활기가 다시 사라진다. 서나리는 정영우와 서나리의 얼굴을 잠시 살펴본다. 정영우는 무슨 말을 해야 할지 모르겠다는 듯, 막막한 표정으로 그저 서나리를 멍하게 쳐다보고 있다. 서나리의 시선을 피하며 고개를 숙이는 하유미의 표정은 절망이라는 단어 말고는 설명하기가 힘들다. 서나리는 마음속에 차오르는 불편함을 느낀다. 마치 가슴속에 어떤 응어리가 꽉 차 있는 것 같다.

하유미가 가까스로 말을 잇는다.

"그래도 경기할 때마다 이기는 걸 보고 싶어요."

"그건 불가능하다는 걸 알잖아요."

하유미는 차마 서나리를 바라볼 수 없다.

****

펭귄스 홈구장의 관객석은 사람들로 바글거린다. 펭귄스와 플래티퍼스의 정규시즌 마지막 경기 티켓은 매진되었다. 2만 명이 훨씬 넘는 사람들이, 이제 슬슬 추워지기 시작하는 날씨에도 제각기 반소매 유니폼을 입고 경기를 기다린다.

오랜만에 꽉 찬 관객석을 보고 신이 난 응원단장은 아직 경기가 시작되지도 않았는데 확성기에 대고 소리를 지르고 치어리더들은 노래에 맞춰 춤을 춘다. 부모의 손을 잡고 처음 야구장에 온 아이들이 호기심에 어린 표정으로 이곳저곳 시선을 돌린다.

사실 시즌 말에는 보기 힘든 전석 매진 경기이다. 이미 순위는 사실상 확정이 된 상태고, 야구팬들은 포스트시즌, 즉 최종 순위를 가리는 가을 야구가 어떻게 진행될지에 촉각을 기울이고 있다. 현재 순위가 가려지지 않은 팀은 딱 두 팀뿐이다. 바로 꼴등을 다투고 있는 플래티퍼스와 펭귄스. 즉, 여기 온 사람들은 어느 팀이 지옥의 가장 깊숙한 곳에 박히는지 보려고 온 것이다. 그래서 그런지, 다른 팀의 유니폼을 입고 온 사람들도 많다. 선수들이 경기장으로 진입한다. 관중들은 많지만 환호성은 크지 않다. 누가 이기는지 보러 온 사람들보다 누가 지는지 보러 온 사람들이 더 많기 때문이다. 게다가 두 팀 모두 패배를 노리고 있지 않는가. 지기를 원하는 팀에 환호를 보내는 것도 뭔가 면구스러운 일이다.

오늘 선발 라인업 중에는 정영우도 끼어 있다. 구단은 마지막의 마지막 순간까지 정영우를 2군으로 내리지 않았다. 정영우는 구단이 왜 자기에게 이런 자비를 베푸는지 의문이다. 사실 정영우는 지난 시위 이후, 프런트가 자신에게 계약 해지를 통보해도 이상하지 않다고 생각했다. 오히려 그렇게 되면 속이 편할 것 같기도 했다. 이미 후배들은 자신을 투명인 간 취급하고 있었으니까.

국민의례가 끝나고, 정영우는 더그아웃의 구석으로 가 앉 는다. 불편하고 그라운드가 잘 보이지 않는 위치로, 고참이 앉을만한 자리가 아니다. 하지만 정영우는 같은 팀 선수들이 자기를 베테랑 취급을 해줄 거라고 기대도 하지 않는다.

문득 정영우는 오늘이 자신의 마지막 경기일 확률이 아주 아주 높다는 것을 떠올린다. 실감이 나지 않는다. 은퇴 경기 에 대한 생각은 이제껏 자주 해봤다. 언젠가 프로 무대를 떠 나야만 한다는 생각은 참으로 공포스러운 것이었다. 악몽도 자주 꿨고, 그럴 때마다 훌쩍거리면서 울기도 했다.

그런데 이제 그 순간이 온 것 같다. 그런데 정영우는 슬프 지가 않다. 그렇다고 기쁘지도 않다. 정영우는 자신을 둘러싼 세상에서 분리된 관찰자가 된 기분이다.

다만 하나의 감각은 느껴진다. 정영우는 홀가분하다. 중학 생 시절에 왼손으로 배트를 잡는 고된 훈련을 하고 나서 집 으로 돌아왔을 때, 바로 그때의 기분이 드는 것 같다. 정영우 는 이제 너무 지쳤다. 얼마 전까지만 해도 계속 야구를 할 수 있다면 뭐든 할 수 있을 것 같았다. 그런데 이제는 '야구'라는 단어만 떠올려도 피곤해진다.

대체 왜 이렇게 넓은 땅에서 작은 공 하나를 두고 수십 명이 뛰어노는지, 그걸 보고 왜 관객은 열광하고, 탄식하는지…. 게다가 왜 선수들은 부상을 입는지, 볼펜 하나 못 만드는 이런 일에 어떤 가치가 있는지 의문이 든다.

정영우는 중요한 사실 한 가지를 떠올린다. 그럼 이제 동생은 어떻게 되는 걸까? 모르겠다. 형제가 말다툼을 한 그날 이후로, 정영우는 정승우와 일상에서 필요한 대화만 나눌 뿐이다.

정영우는 동생을 사랑한다. 그것 하나만큼은 확실하다. 동생을 위해서라면 뭐라도, 어떤 희생이라도 치를 수 있다고 지금도 생각한다. 그리고 정영우는 동생을 위해서 희생했다. 여전히, 야구선수로서 정영우는 커다란 희생을 했다고 생각한다. 하지만 돌아오는 것은 경멸뿐이다.

서운해해야 하는 것일까. 정영우는 자신에게 충분히 서운해할 자격이 있다고 믿는다. 하지만 이상하게 서운하다는 감정을 품으면 안 되는 것만 같다. 다만 정승우가 미국에는 가지 말았으면 한다.

심판이 플레이볼을 외친다.

1회 초. 펭귄스에서 10년간 뛰어온 선발 투수가 마운드 위에 오른다. 비록 특별히 공을 잘 던지지는 않지만, 5회 정도 공을 던질 수 있는 체력이 있는 투수다. 하루에 백 번 정도 공을 던질 수 있는 스태미나, 그 스태미나 자체로 존중받을 가치가 있는 투수다.

투수가 공을 던진다. 첫 번째 공은 시속 139km. 전광판에 구종으로 스플리터가 찍힌다. 속구보다 살짝 느리지만 급격하게 떨어져서 타자를 속이는 변화구. 타자는 이 공에 반응하지 않았다. 볼 하나.

예상보다 더 느린 구속에 고개를 갸웃하고, 투수는 다시 한 번 속구를 던진다. 이번에 플래티퍼스의 타자는 감을 잡은 듯 자신 있게 배트를 휘두른다. 공은 딱 소리를 내면서 하늘 위로 높이 치솟아 오른다. 각도가 너무 급격하다. 저 위로 올라간 야구공은 외야까지 날아가지 못하고 다시 땅으로 내려꽂힌다. 아무 수비수나 이 공을 잡으면 타자는 자동 아웃이다. 유격수가 자기가 이 뜬공을 잡겠다고 콜을 한다.

타자는 잡힐 게 뻔한 이 공을 보고 한숨을 쉬면서 1루 쪽으로 천천히 달려간다. 그런데 예상외의 사건이 발생한다. 펭귄스의 유격수가 제대로 공을 포착하지 못하고 놓친다. 공은 유격수의 머리를 때리고 유격수는 뒤로 넘어진다. 공은 통 튀고, 3루수가 겨우 이 공을 붙잡는다.

1루에 도착한 타자에게 심판은 아웃 콜을 한다. 공이 야구 선수의 몸이나 글러브 외에 다른 것에 닿지 않은 채로 잡혔다면, 아웃이다. 그러니 지금 이 상황도 아웃은 아웃이다. 누

위 있던 유격수는 천천히 일어난다. 이 광경을 보고 있는 사
람들은 이것도 호수비라고 불러야 하는지 궁금하다.

★★★

공황이 올 거라는 직감을 하고, 하유미는 벌벌 떨리는 손으
로 약통을 붙잡는다. 약통을 딸깍 열고 그 안에 성급하게 손
가락을 집어넣은 그녀는 약 한 알을 겨우 꺼내 물도 없이 삼
킨다.

하유미는 다시 자기 침대로 돌아가 베개에 얼굴을 묻고 쭈
그린다. 그녀가 먹은 항불안제는 신속하게 작용한다. 심박수
가 아주 천천히, 그러나 분명히 줄어든다. 다행히 죽을 것처
럼 끔찍한 공포가 닥치기 전에, 그녀는 안정감을 느낀다.

언젠가 취미가 일이 되는 것이 썩 좋은 일만은 아니라는 말
을 들은 적이 있다. 그때까지만 해도 하유미가 절대로 동의
할 수 없는 말이었다. 사랑하는 것을 위해 일하지 않는다면,
도대체 삶을 무슨 재미로 사나? 매주 5일 동안, 하루에 8시간
씩이나 일해야 하는데, 그 긴 시간 속에서 보람을 찾지 못하
면 어쩐단 말인가! 뭐, 대충 이런 식으로 생각했다.

그런데 지금 하유미의 꼴을 보라. 그녀는 이제 자신이 그렇
게 좋아하던 야구를 볼 수도 없다. 팀의 순위를 결정하는 마

지막 경기를 보고 싶지만, 야구를 보려고 하면 곧바로 공황에 사로잡힌다. 취미가 일이 되었더니 취미도 사라지고, 일도 제대로 못 하고, 정신만 나빠진 것이다. 하유미는 자기 모습이 우습다. 웃지는 못하겠지만.

그래도 마지막 경기는 꼭 보고 싶었는데… 오늘 경기를 이기든 지든 하유미는 무덤덤할 것 같다. 마치 승리와 패배에 대한 반응을 담당하는 어떤 회로가 타버린 것 같다. 하유미는 그것마저 울적하다.

그때 하유미의 휴대폰이 진동하며 펭귄스 공식 응원가가 울려 퍼진다. 하유미는 그 소리가 듣기 싫어서 빨리 전화를 받는다.

"여보세요."

"아가씨! 길 지냈어?"

나이 든 남자의 목소리다. 하유미는 인상을 찌푸리고 전화기를 확인해 본다. 처음 보는 전화번호다. 하유미는 곧장 전화를 끊으려고 하지만, 전화기에서 계속 지껄이는 목소리가 왠지 익숙하다. 하유미는 전화기를 다시 귀에 가져다 대고 말한다.

"저… 누구세요?"

"나야 나, 곽동근! 몰라?"

"예?"

하유미는 그제야 그 목소리가 누구의 목소리인지 깨닫는다. 허들러스의 영웅, 펭귄 할아버지이다. 비록 그 사건 이후로 구장 영구 입장 금지 처분을 받았지만 말이다. 하유미는 가장 먼저 드는 의문부터 해결하기로 한다.

"아… 그런데 무슨 일이세요?"

"아가씨, 구단 직원이잖아. 우리도 그때 다 알고 있었어."

곽동근의 한마디를 듣자마자, 하유미는 다시 심박수가 올라가는 것을 느낀다. 하유미는 더듬거리면서 간신히 말한다.

"제, 제가, 음, 죄송해요. 제가 뭐 나쁜 짓을 하려고 한 건 아닌데…."

"아! 나는 상관없어. 미안하긴 뭐가 미안해? 직원인 걸 떠나서 같은 팬인 거 아냐? 구단이 하는 짓이 마음에 안 들면 같이 행동할 수도 있지!"

왠지 그 말이 하유미에게는 위로가 된다. 하유미는 말한다.

"감사합니다…. 그런데 어쩐 일로…?"

"유미 씨 아직 구단 직원이지?"

"맞아요."

하유미는 이제 무기한 병가를 넘어 휴직 중이라는 말은 굳이 얹지 않는다. 곽동근은 호탕하게 웃으면서 말한다.

"좋아! 그러면 나 좀 도와줬으면 좋겠는데. 그러니까, 올해 시즌 개막할 때 야구장에서 에어쇼 했잖아. 공군 전투기들

날아다니던 그 쇼, 기억나?"

"네…."

하유미는 기억한다. 개막전에서 구장의 탁 트인 하늘을 배경으로 전투기들이 온갖 색의 연기를 뿜으면서 날아다니던 그 광경을. 그때는 하유미가 아직 펭귄스에 입사하기 전이었고, 그녀는 외야 관중석에서 그 모습을 직접 보았다. 펭귄은 날지 못하는데 에어쇼를 하는 게 뭔가 어색하긴 했지만, 그래도 멋있는 모습이었다. 하유미는 입사하고 나서야 개막전에 에어쇼를 펼치는 데 치열한 토론이 펼쳐졌고, 그것이 펭귄스 마케팅 팀의 승리라는 것을 알아냈다. 비록 개막전은 참패했지만 말이다.

"그때 항공청이랑 공군이랑 합의하면서 만든 자료가 있을 거야. 그것 좀 찾아줄 수 있어?"

"예? 그런 게 왜 필요하신데요…?"

하유미는 곽동근이 대체 무슨 생각인지 도저히 모르겠다.

"그게 말이지…."

곽동근은 신나서 자기 계획을 털어놓기 시작한다. 그리고 그것은 하유미가 짐작할 수 없었던 생각이다. 하유미는 할아버지의 이 미친 계획을 어떻게 하면 막을 수 있을지 고민한다. 그런데 곽동근이 열정적으로 하는 이야기를 듣다 보니까, 그 미친 이야기에 어느 정도 마음이 끌린다.

하지만 하유미는 고개를 젓는다. 그녀는 곽동근의 거창한 계획에 숨은 결정적인 문제를 파헤친다.

"저, 할아버지. 그건 범죄 아닌가요?"

"맞아."

곽동근은 대수롭지 않다는 듯이 말한다. 하유미는 머리가 아프다.

"할아버지, 요즘 시대가… 무슨 버스 뒤집던 시대도 아닌데… 다시 야구장 들어가고 싶으신 거면 제가 어떻게든 알아볼게요."

"내 말이 바로 그거야!"

"예?"

"요즘 선수들이 배가 불렀어. 자기들이 무슨 연예인이라도 된 것처럼. 근데 운동선수면, 응? 열정과 혈기가 있어야 하는 거 아냐? 그러면 조금 과격하더라도 동기 부여가 필요한 거 아니겠어? 나는 죽기 전에 우리 팀 우승하는 거 보고 싶어!"

하유미는 동의할 수 없다. 어차피 야구도 엔터테인먼트 산업의 한 갈래일 뿐이다. 야구 업계는 사실 웹소설, 아이돌, 뮤지컬 업계 등과 경쟁한다. 팬들이 야구에서 어떤 것을 보든 하유미는 상관이 없다. 프런트 직원으로서 하유미는 과격한 뉴스가 올라오는 것을 보고 싶지 않을 뿐이다. 그녀는 다시는 악몽을 겪고 싶지 않다.

동시에, 하유미는 곽동근의 말에 동의하기도 한다. 그녀는 펭귄스가 이기는 것을 보고 싶다. 패배에 찌든 팀을 보고 싶지는 않다. 하유미는 야구를 사랑한다. 오래전 옛 남자친구가 자신을 얼빠라고 놀렸어도 하유미는 야구 자체가 좋다. 팬들이 이렇게 야구를 사랑하고 호승심에 불타고 있다는 걸 선수들한테 보이고 싶다. 그것이 자신이 그동안 했던 일과 모순되든 말든 말이다.

잠시간 하유미가 말이 없자 곽동근이 재촉한다.

"빨리, 시간이 없어. 경기 끝나기 전엔 구장 가야 할 거 아냐."

하유미는 구장과의 거리를 생각한다. 서울에서 차로 두 시간 삼십 분 정도… 가는 동안에 경기가 끝날 것이다. 하지만 직선거리로 자동차보다 더 빠르게 갈 수 있다면…?

"그래도 할아비지. 그건 안 돼요."

마지막 이성의 끈이 하유미를 간신히 붙잡고 있다. 곽동근이 밀한다.

"이 경기 끝나면 이제 또 겨울 내내 야구 없는데, 안 볼 거야?"

하유미는 잠시 고민하다가 질문한다.

"그럼… 저도 같이 할 수 있나요?"

"오브콜스지!"

하유미의 심박수가 오른다. 이번에는 공포 때문이 아니다.

＊＊＊

　경기는 3회 말, 점수는 0:0이다. 정영우는 유진성 감독 쪽을 바라본다. 유진성 감독은 타격 코치와 이야기를 나누고 있다. 그들은 서류철을 들고 있는데, 거기에 끼워진 종이가 책 한 권의 두께만 하다. 평소에 본 적 없는 감독의 모습이다. 잠시 정영우는 그 모습을 집중해서 바라보다가, 이내 관심을 거둔다. 어차피 몇 시간 뒤면 다 상관없는 일이 될 것이다.

　플래티퍼스의 투수는 올해 갓 데뷔한 신인이다. 선발로서는 처음 무대에 오른 것이지만, 예상보다 공을 잘 던지고 있다. 낯선 투수의 신기한 폼에 타이밍을 뺏긴 타자들은 공을 제대로 치지 못한다. 그 신인에게 펭귄스는 첫 적수로서 아주 괜찮다. 경험도 쌓을 수 있을 테고. 그런데 어떤 측면에서, 그 투수가 잘 던지고 있는 것은 플래티퍼스에게 난감한 문제이다. 어쨌든 플래티퍼스도 져야 한다.

　한강 변 어디선가 택시가 멈춘다. 택시에서 얇은 코트를 입은 하유미가 내린다. 축축하고 추운 날씨다. 야구 경기를 하기에 적합한 날씨는 아니다. 하유미는 지금 이 순간 뛰고 있을 선수들이 혹시라도 부상을 당하지는 않을까 걱정하다가 스스로에게 조소를 보낸다. 앞으로 곽동근이 일으킬 난장판

을 생각하면, 선수들에게 이 정도 날씨는 아무것도 아닐 것
이다.

하유미의 눈앞에 헬리포트에 주차된 헬리콥터가 보인다.
미끈한 유선형 몸체의 하얀색 경헬기다. 하유미는 헬기를 향
해 걸어간다. 그러고 보니, 그녀는 지금까지 헬리콥터가 이렇
게 땅에 얌전히 정지해 있는 것을 한 번도 본 적이 없다. 하늘
에서 날아다니는 것이야, 몇 번 봤지만. 비행기와 비교하면
헬리콥터는 신기할 정도로 작고 불안정해 보인다. 저걸 타
고… 그러니까 음… 그렇게 한다는 게 말이 되는 건가? 하유
미는 지금이라도 집으로 도망칠까 고민해 본다.

"어이, 아가씨! 빨리 와! 이러다 경기 끝나겠어!"

헬기 앞에서 곽동근이 외친다. 곽동근은… 특이한 복장을
갖추고 있다. 하유미는 스카이다이빙 같은 것에 전혀 관심
이 없지만, 알 수 있다. 꽤 두꺼워 보이는, 바람을 잘 막게 설
계되어 있으며 이런저런 주머니가 붙어 있는 그 옷의 쓰임새
를. 하늘에서 떨어지고 싶다면 그만큼 적절한 옷이 없을 것
이다. 하유미는 자신이 입은 코트가 하늘의 바람을 견딜 수
있을지 고민해 본다. 괜찮을 것이다. 어차피 낙하 시간은 길
지 않을 테니까. 조금 전까지 열광이 지배하고 있던 하유미
의 가슴에, 시베리아에서 불어오는 북풍처럼 건조하고 차가
운 이성이 피어오른다. 이성은 너무나 본질적이어서 차마 피

할 수 없는 질문을 던진다. 이거 진짜 이래도 되는 건가? 이성은 자신의 질문에 대답한다. 안 되지, 당연히 말도 안 되는 일이지! 지금이라도 당장 뒤돌아서 도망쳐, 유미야!

하유미는 눈을 질끈 감았다 뜬다.

"네, 네!"

하유미는 달려간다. 환하게 웃는 곽동근과 점점 가까워진다. 비로소 하유미는 곽동근의 낙하복에 붙어 있는 군 계급장을 발견한다. 하유미는 그 계급이 얼마나 높은 것인지, 낮은 것인지 모른다. 하지만, 곽동근이 공수부대를 나왔다는 말만큼은 이제 진짜 믿을 수밖에 없다.

＊＊＊

지금 펭귄스 홈구장에서 벌어지고 있는 경기는 쉽게 풀리지 않는다. 8회이지만 아직 스코어는 0:0이다. 보통 이런 스코어는 각 팀의 투수가 공을 기가 막히게 잘 던졌을 때 나온다. 타자들이 배트를 공에 못 맞추고, 어쩌다 공을 쳐도 그물 같은 수비에 막히는 그런 집중력이 높은 명품 투수전일 때.

하지만 여기서 벌어지고 있는 경기에 명품이라는 수식어를 붙이는 것은 전혀 걸맞지 않다.

경기는 끔찍하다. 투수가 던지는 공은 아예 무작위로 날아가고, 타자는 아마추어가 봐도 허술한 공에 배트를 휘두른다. 어떻게 공이 맞아도 힘없는 땅볼이나 뜬공이다. 좌석을 꽉 채우던 관객의 절반 정도가 이 경기에 신물이 난 듯 벌써 사라지고 없다. 지옥 리그라고 말하는 것이 더 어울릴까.

저기 관중석에 있는 부자의 모습을 보자. 아버지는 아들에게 야구를 가르치기 위해 경기장에 왔다. 아버지는 아들이 자신처럼 펭귄스를 응원하길 바란다. 아들은 평생 아버지를 원망할지 모르지만, 어쨌든 아버지는 진심이다. 하지만 수십 분째 괜찮은 안타도, 그렇다고 멋진 수비도 나오지 않으니 자식은 지루해한다. 이제는 먹던 치킨도 다 떨어졌다.

"아빠, 집에 가면 안 돼?"

"조금만, 응, 조금만 더 보자. 응? 재밌을 거야."

슬픈 것은 플래티퍼스와 펭귄스의 선수들 모두가 나름대로 최선을 다하고 있다는 것이다. 플래티퍼스에서는 구단주가 직접 뽑은 신인들이 경기를 뛰고 있다. 그중에는 아직 프로 밥을 1년도 먹지 못한 선수들도 많다. 학창 시절에는 나름대로 팀에서 쳐주는 선수들이었지만, 프로라는 환경이 그들의 재능을 짓누른다.

한편, 펭귄스의 선수 구성은 좀 더 무질서하다. 구단이 키우려고 하는 신인 선수들과 유진성이 좋아하는 나이 든 선수들이 섞여 있다. 조화롭지 못한 팀은 스스로 무너지고 있다.

구석 자리에 앉은 정영우는 더그아웃에 퍼지는 위화감을 느낀다. 이 경기는 유진성 감독의 방식이 아니기 때문이다. 오늘 경기는 반드시 잡아야 한다. 또 꼴등을 하면 구단이 매각된다는 소문이(도대체 그것이 어디서 새어 나왔는지는 알 수 없지만) 이미 선수단 전체에 퍼져 있다.

평소의 유진성이라면 경기에 개입했을 것이다. 작전을 내리든지, 선수를 이리저리 바꿔보든지. 그 결과가 좋든 나쁘든 말이다. 그런데 지금 유진성은 그냥 가만히 서 있기만 할 뿐이다. 그는 아주 소극적인 명령만을 내린다. 체력이 떨어진 선수를 교체하는 정도의, 야구를 조금이라도 볼 줄 아는 사람이라면 누구라도 할만한 당연한 명령들.

정영우는 서나리가 떠오른다. 서나리의 야구 철학도. 감독은 선수단을 관리할 뿐이며, 감독이 야구의 전면에 나서서는 안 된다는, 소위 선진 야구의 철학 말이다. 유진성은 마치 그녀처럼 행동하고 있다. 몹시 의아한 상황이다.

8회 말, 펭귄스 선두타자가 1루에 나가는 데 성공하지만, 다시 홈으로 돌아오지 못한다. 점수는 여전히 0:0이다. 9회 초, 플래티퍼스의 공격은 단 일곱 개의 공으로 빠르게 마무리된다.

두 팀은 지고 싶어 한다. 그것만은 명확하다. 하지만 그 팀을 구성하는 선수들은 팀의 목적을 이루고 싶은 생각이 없다.

＊＊＊

서나리는 팀장실에서 짐을 정리하고 있다. 그동안 겪었던 예상치 못한 사건들을 생각하면 세 시즌은 치른 것만 같지만, 아직 6개월도 채 지나지 않았다는 게 새삼 경이롭다. 서나리가 단장실에 둔 개인 물건은 백팩을 반도 채우지 못한다.

그때 문에서 누군가 노크한다. 서나리는 문 쪽을 바라본다. 문이 열리고, 하현승 단장이 들어온다. 그가 팀장실을 둘러보고는 말한다.

"야구 안 봐요?"

서나리는 질 나쁜 농담이라도 들은 듯 인상을 찌푸리면서 말한다.

"세 시간 전에 사직서 제출했습니다."

"한 시즌이 어떻게 끝나는지는 봐야 하지 않겠어요."

하현승이 뚜벅뚜벅 중앙으로 걸어온 다음 두리번거린다. TV가 어딨는지 찾고 있는 듯하다. 서나리는 짜증과 귀찮음을 숨기지 않고 컴퓨터로 인터넷 야구 중계를 켠다. 모니터가 연동되고 나서야 그녀는 이제 막 9회가 시작되는 0:0 상황임을 안다. 어차피 누가 이기든 더 이상 상관없다. 서나리는 일어서서 백팩을 메고는 꾸벅 인사한다.

"그럼 수고하세요."

서나리는 문 쪽으로 걸어간다. 하현승이 그녀의 등 뒤에 대고 말한다.

"어딜 가세요. 아직 사직서 수리 안 했는데."

서나리가 고개를 돌린다. 하현승이 말을 잇는다.

"같이 봅시다. 얼마 남지도 않았는데."

"싫은데요."

서나리는 무뚝뚝하게 답한다. 하현승을 고개를 젓고는 말한다.

"거의 단장 대행으로 일했는데, 마무리는 봐야죠. 아직 결정이 난 것도 아닌데."

"이기든 지든 제가 실패했다는 건 단장님도 아시잖아요."

"서 팀장도 참 완벽주의자죠. 모든 걸 어떻게든 통제하고 자기 손으로 마무리 짓고 싶고."

서나리는 부정하지 않고, 무심하게 되묻는다.

"그게 왜요?"

"그게 그렇게 좋은 게 아니거든. 야구 일은 아니지만, 저도 한 가지 일을 참 오래 했었죠. 그런데 세상일이라는 게 대부분 자기 마음대로 되지가 않습니다. 사람마다 다 자기 생각이 있는데 그들을 어떻게 통제하고, 또 어떻게 변수를 다 막겠어요?”

“그러게요. 운이 좀 더 좋았으면 좋았을 텐데 아쉽네요.”

서나리는 건성으로 답한 다음 다시 몸을 돌리려 한다. 하현승이 말한다.

“서 팀장이 이 자리에 온 것도 운이 없어서는 아닌 것 같은데?”

“네?”

“이건 좀 민망한 이야기이긴 한데, 애초에 서 팀장을 뽑을 생각이 없었거든요. 내가 뭐 야구를 알지도 못하거니와, 솔직히 운동선수들을 어떻게 다룰까 싶었고.”

이제 지긋지긋한 이야기다. 서나리는 조롱하듯 말한다.

“그렇군요.”

“근데 내 딸이… 알죠, 하유미? 딸이 그쪽을 꼭 들여와야 한다고 말하더라고. 그래서 생각이 바뀐 거지. 나름대로 베팅을 한 거고. 그러니까 제 딸이 여기 있었던 건 서 팀장한테도 어느 정도 운이 아닌가.”

하유미의 이름을 듣자 서나리는 얼어붙는다. 하유미가 지금까지 단 한 번도 말하지 않은 내용이다. 서나리는 무언가 말을 해보려고 하지만 혀끝에서 말이 나오지 않는다.

“제 딸도 고생을 많이 했죠. 그러니 서 팀장이 이번 시즌 마무리까진 같이 봤으면 좋겠네요. 또 모르잖아요. 생각지도 못한 이상한 일이 생길지."

서나리는 잠시 멍하니 서 있다가, 문을 닫고 하현승 옆으로 간다. 벌써 9회 초가 끝나고 광고가 나오고 있다. 서나리는 플래티퍼스의 마무리 투수가 신영하라는 것을 확인한다.

자동으로 서나리가 머릿속에 넣어두었던 데이터베이스가 돌아간다. 신영하. 요즘 보기 드문 팔 각도가 낮은 언더핸드 투수. 그 폼 때문에 필연적으로 공에 힘이 완전히 들어가지 않는다. 하지만 동시에 그 폼은 장점이 되기도 한다. 타자 입장에서 언더핸드 투수의 공은 마치 아래에서 위로 떠오르는 듯한 느낌을 준다.

그녀는 지금 펭귄스의 1군 선수들 중 누가 신영하의 공을 잘 칠 수 있을까 생각해 본다. 만약 자신이 감독이라면 누구를 올렸을까?

글쎄… 어쩌면 정영우? 정영우는 타고난 오른손잡이며, 왼손잡이 타자로 교정되면서 자기만의 특이한 습관이 몸에 배었다. 왼손 힘이 오른손만큼 강하지 않기 때문에 정영우는 극단적으로 낮은 공을 퍼 올리는 어퍼스윙 폼을 취한다. 어쩌면 정영우는 신영하의 공을 잘 퍼 올릴 수 있을지도.

아니다. 서나리는 고개를 젓는다. 정영우의 가장 큰 문제는 상체가 너무 빨리 나간다는 것이다. 그것은 철저히 심리적인 문제다. 정영우는 타석에서 항상 무엇에 쫓기듯 조급하다. 그로 인한 과도한 근육 긴장은 배트를 너무 빨리 휘두르게 만들고, 결국 별로 좋지 않은 타구를 만든다. 서나리는 다른 선수들도 하나하나 계산해 본다.

그러다 서나리는 자기 자신에게 조소를 보낸다. 이게 다 무슨 소용인가. 어차피 그걸 선택하는 감독이 데이터 따위는 생각도 하지 않는데.

그런 서나리 옆에서 하현승은 혼잣말한다.

"그나저나 애는 지금 어디서 뭐 하고 있는 거지. 집에 있나."

＊＊＊

9회 말, 펭귄스의 타자들은 뼈도 못 추리고 있다. 곧 경기는 지루한 연장전으로 이어진다. 아마 연장전에서도 두 팀은 제대로 점수를 내지 못할 것 같고, 경기는 0:0으로 끝날 것으로 예상된다.

정영우는 이 경기가 무승부로 끝나면, 승패는 어떻게 되는 것인지 궁금하다. 꼴등을 위한 타이브레이크 경기를 또 한 번 여는가? 아니면 득점 차 따위로 꼴등을 가리려나? 정영우는 후자이길 바란다. 이제 다시 야구장에 발을 들이고 싶지 않으니까.

정영우는 유진성의 뒷모습을 본다. 노감독은 그라운드를

아무 말 없이 쳐다보면서, 다만 자신의 왼쪽 어깨를 붙잡고
있을 뿐이다.

"영우야."

그때 정영우는 유진성의 목소리를 듣는다.

"네, 감독님."

정영우는 자기도 모르게 벌떡 일어선다. 유진성이 말한다.

"슬슬 대타 준비해라."

"예?"

정영우는 당황한다. 예상치 못한 부름이다.

"너 올해 은퇴하고 싶다고 말했지?"

선수들이 술렁거린다. 정영우는 그 술렁거림이 부담스럽
다. 그는 어쩔 수 없이 답한다.

"네."

"야구 인생 마지막인데, 한번 하고 싶은 대로 해봐."

유진성은 정영우 쪽을 바라보면서 아무렇지도 않은 듯 말
한다.

그러나 그는 지금 수십 년 전의 자신의 모습을 떠올리고 있
다. 프로야구가 출범하기 전, 실업리그가 진행되던 그때 말
이다. 그때는 공을 던지면 던질수록 선수의 어깨가 세진다고
믿었다. 백 개도 넘는 공을 던지고 나면 팔이 퉁퉁 부어올랐
고, 그 퉁퉁 부어오른 팔을 뜨끈하게 찜질했다. 그러면 팔이

더 빨리 낫는다고 믿었다. 지금의 투수들이 등판하고 나면 곧바로 얼음팩으로 어깨와 팔을 감싸 식히는 것과는 정반대의 처치법이었다. 그게 유진성의 어깨를 망가지게 만든 주요 원인일 수도 있다.

유진성은 서나리가 던지다시피 한 그 수많은 데이터를 전부 읽어보았다. 그 데이터에는 야구선수들의 훈련과 그 훈련 강도, 그리고 부상의 상관관계도 빼곡하게 기록되어 있었다. 거기엔 만약 유진성이 조금만 더 체계적이고 제대로 된 관리를 받았더라면 5년은 더 그라운드에서 뛸 수 있었다는 계산도 자세히 담겨 있었다.

감독 생활을 하면서 우승을 여러 번 겪었지만, 단 1년이라도 선수로 뛸 수 있다면 유진성은 그 모든 트로피와 우승 반지들을 바칠 수 있다. 아니, 이제 들어 올릴 수도 없는 왼팔로 한 번만 공을 던질 수 있다면, 유진성은 무엇이라도 바칠 수 있다. 정말 무엇이라도.

그래서인 걸까. 유진성은 정영우에게 마지막으로 기회를 주고 싶다. 자기는 결코 얻을 수 없는 그 기회를. 유진성은 서나리의 야구관을 완전히 받아들인 것일까? 아마 그렇지는 않을 것이다. 한 인간의 세계관을 완전히 바꿔놓는 것은 불가능하다. 하지만 가끔은, 세상이 아주 조금 바뀌는, 기적 같은 사건들이 일어나곤 한다.

9회 말 2아웃, 0:0의 상황. 여전히 출루한 주자는 없다. 정영우가 타석에 들어선다. 입장곡이 끝난 다음, 정영우의 응원가가 앰프로 울려 퍼진다.

"날려라, 정영우. 펭귄의 정영우. 안타 정영우!"

그 노래를 따라 부르는 팬들은 거의 없다. 그 노래를 들으면서 정영우는 확률에 대해 생각해 본다. 안타? 하지만 이 마지막 타석에서 안타 하나를 더 친다고 해서 뭔가 바뀌는 게 있을까. 결국 아무 의미 없는 안타로 끝날 것 같은데.

정영우가 멍하니 서 있는 사이, 공이 날아온다. 정영우는 뒤늦게 반응하여 배트를 돌린다. 공이 스트라이크존을 통과하고 포수가 그 공을 잡은 후에야 정영우의 배트가 돌아간다. 어이없을 정도로 뒤늦은 반응이다. 정영우는 관중들의 응원가가 미세하게 떨리는 것을 느낀다. 이런 것에는 집중력이 발휘된다는 게 스스로도 웃기다.

프로야구선수로서 진정 마지막이 될 수도 있는 지금 이 순간, 정영우는 과거와 미래를 생각한다. 어떻게 해도 바꿀 수 없거나, 어떻게 해도 확신할 수 없는 순간들을. 왜 굳이 야구를 시작했을까? 이게 정말 자기한테 맞는 일이긴 한가? 14년간, 지금까지 단 한 번도 좋은 타자라는 이야기를 들어보지 못했는데. 14년 동안 아무것도 이루지 못했는데. 만약 그 시간 동안 다른 일을 했다면 지금 훨씬 더 행복하지 않았을까?

왜 하필이면 왼손 타자로 교정을 했을까? 오른손 타자로 야구 생활을 했으면, 어쩌면 생각지도 못한 홈런타자로 살아갈 수 있었을 수도 있는데. 이런 지긋지긋한 생활이 아니라, 팀의 스타로, 선망받는 야구선수로 살아갈 수 있었을지도 모르는데. 왜 아직 밥도 제대로 못 먹는 손으로 굳이 타격하는 선택을 했을까.

나중에 은퇴하고 나면 도대체 뭘 먹고 살아야 할까? 서나리가 책임지겠다고 했지만, 그녀가 정말 자신의 노후까지 책임지길 바라는 건 말도 안 되지 않나? 지금까지 살아온 만큼을 한 번 더 살아도 인생에 많은 시간이 남아 있는데, 그 시간 동안 극한의 빈곤으로 굴러떨어지면 어떡하나?

정승우는 미국으로 갈까? 동생이 미국에서 실패라도 하면 도대체 무슨 희망과 낙으로 살아가야 할까? 만약 그렇게 된다면 동생이 왜 한국에 있을 때 제대로 자신을 뜯어말리지 않았냐고 정영우를 원망하지는 않을까? 그런 원망에 대체 어떻게 대응해야 할까?

후회와 체념과 절망이 온몸을 벌레처럼 뜯어먹는 것을 느끼면서, 정영우는 리듬감 있고 강렬한 소리를 듣는다. 소리의 근원은 어느 쪽에도 있지 않다. 어디를 돌아봐도 똑같은 강도로 소리가 들린다. 그제야 정영우는 소리가 위쪽에서 들린다는 걸 깨닫는다. 정영우도, 그의 뒤에 있는 포수도, 투수와 수비수들도, 관중들도, 모두가 하늘로 고개를 쳐든다.

헬리콥터가 떠 있다. 공중에 붙박인 채로 움직이지 않는다. 눈이 충분히 좋은 사람들은 헬리콥터의 문이 열리는 것을 볼 수 있다. 개중에는 방금 이야기한 아버지와 아들도 있다. 아들은 입을 벌린 채 헬리콥터를 바라본다.

"미확인 헬리콥터, 즉시 식별하시오!"

하유미가 끼고 있는 헤드셋을 타고 관제사의 목소리가 들려온다. 하유미는 조종석 쪽을 바라보고 말한다.

"괜찮은 거예요?!"

비숍킹, 그는 헬리콥터 조종사다. 면허 취소를 넘어서 전과가 생길 수 있는, 아니 반드시 그렇게 될 지금 상황에서 아무렇지도 않다는 듯 엄지를 치켜세운다. 하유미는 헬기에 난 창을 통해 아래를 바라본다. 펭귄스 홈구장과 그 안에 있는 수많은 사람들이 보인다. 그 모든 사람들이 헬기를 바라보고 있다. 하유미는 자기 뇌에 있는 모든 도파민 수용기가 미친 듯이 작동하는 것을 실제로 느낀다. 그녀는 지금 하늘 위에 떠 있는 신이 된 느낌이다.

"당연히 괜찮지, 자, 가자!"

안전벨트를 푼 곽동근이 하유미를 조이고 있는 하네스를 자기 몸에 결합한다. 하유미는 단 한 번도 이런 경험이 없다.

그녀는 말한다.

"어, 어떻게 한다고요?"

"팔을 가슴에 엑스 자로 교차하고 하네스를 잡아. 그리고 다리는 펴지 말고. 산미, 걱정 마!"

그때 하유미는 주머니에서 휴대폰 진동을 느낀다. 아마 아빠일 것이다. 하유미는 하현승이 지금 자기가 처한 상황을 알게 되면 얼마나 어이가 없을까 생각한다. 하지만 상관없다. 대체 무슨 상관인가? 하유미는 전화기를 꺼버린 다음, 곽동근을 바라본다. 그녀는 주먹을 꼭 쥐어서 곽동근에게 보여준다. 곽동근도 용기를 얻은 듯 씩 웃는다. 곽동근이 문의 손잡이를 힘껏 돌린다.

문이 열린다. 태풍에 버금가는 엄청난 바람이 헬기 안으로 쏟아진다. 집게 핀으로 꽉 묶어둔 머리카락이 풀려서 흘러내린다. 흩날리는 머리카락 사이로 하유미는 아래쪽을 본다. 익숙한 야구장이 전혀 다른 각도로 보인다. 곧장 현기증이 난다. 마음의 준비가 아직 덜 되었다는 확신이 든다. 그때 등 뒤에서, 누군가가 하유미를 밀친다. 곽동근이다.

"할아버지!"

하유미가 떨리는 목소리로 외친다. 헬기가 살짝 기우뚱거렸다 금방 균형을 잡는다. 하유미는 습한 허공 속에서 급격히 낙하한다. 추락의 공포, 그 본능에 하유미는 질식할 것만 같다. 그때, 낙하산이 펼쳐지는 소리가 들리면서 그녀는 자신의 몸이 둥실 떠오르는 것을 느낀다. 가슴이 텅 비는 느낌이다. 천천히 내려가며 아래를 보자 너무나 깨끗하고, 너무나 아름다운 다이아몬드의 야구장이 보인다. 하유미는 소리를 지른다. 마음속에 꽉 차 있던 고통과 고뇌가 순간 사라져 버린 것만 같다.

펭귄 할아버지와 하유미가 낙하산을 타고 야구장 안으로 내려오고 있다. 관중들과 선수들 모두가 차마 그 초현실적인 광경에서 눈을 떼지 못한다. 펭귄 할아버지 몸에 묶어둔 현수막이 바람에 따라 스르르 펼쳐진다.

'전진하라 펭귄스!'

방향은 미처 계산하지 못했는지 문장이 아래에서 위로 올라가는 형식이다.

기이한 정적이 감돈다. 하늘에서 내려오는 하유미와 곽동근의 괴성, 앰프에서 흘러나오는 정영우의 응원가, 그리고 천천히 다른 쪽으로 날아가 사라지는 헬리콥터의 로터 소리만 들릴 뿐이다.

곧 모두가 미친 듯이 환호하기 시작한다. 펭귄스 팬들은 당연한 일이고, 플래티퍼스 유니폼을 입은 사람들도 괴성을 지른다. 이 꼴등 결정전이 어떻게 진행되는지 궁금해서 온 사람들도 함께 함성을 터뜨린다. 순수한 열광의 파도가 경기장 전체를 휩쓴다. 사람들은 모두 하유미와 곽동근에게 집중한다.

그 기록적인 비행의 끝이 그렇게 아름답지는 않다. 곽동근이 마지막으로 낙하산 강하를 해본 것은 프로야구가 시작하기도 전이다. 낙하산과 현수막 줄이 이리저리 엉킨 채로, 그들은 어이쿠 소리를 내면서 그라운드에 구른다. 경기장에 있는 사람들이 하나 되어 걱정스러운 탄식을 내뱉는다. 플래티퍼스 수비수들이 그쪽으로 달려간다. 하지만 그들이 도착하기도 전에 꼬인 낙하산 줄 사이로 곽동근과 하유미가 일어난다. 마치 우상의 부활을 목격하기라도 한 것처럼 사람들이 다시 한번 힘차게 소리를 지른다. 곽동근이 생목으로 내는 목소리리곤 믿기지 않게 크게 외친다.

"펭귄스 파이팅!"

그리고 곽동근이 손을 내민다. 하유미가 그 손을 붙잡고 일어선다.

경기장 경비들이 우수수 뛰쳐나온다. 곽동근과 하유미는 저항하지 않고 그들에게 몸을 내맡긴다. 사실 낙하산과 현수막이 너무 무거워서 이미 이들은 저항이 불가능한 상태다. 곽동근은 한글로 표현할 수 없는 괴성을 지르면서 끌려 나간다.

정영우는 하늘을 본다. 헬리콥터는 천천히, 하늘 밖으로 사라진다. 다시, 정영우는 곽동근 쪽을 바라본다. 하유미가 그를 주시하고 있다. 둘의 눈이 마주친다. 정영우는 피식 웃는다. 하유미도 피식 웃는다. 끌려가고 있다는 건 아무렇지도 않은 듯하다.

열광이 천천히, 천천히 가라앉는다. 정영우는 투수를 본다. 투 스트라이크 노 볼. 남은 기회는 얼마 없다. 이제 경기장에는 귀기 어린 침묵만이 서려 있다. 꿈만 같았던 일을 겪은 관중들과 선수들, 스태프와 심판들 모두가 여운을 느끼며 정영우에게 집중한다.

투수 쪽을 향해서 정영우는 배트를 한 번 내민다. 그리고 타격 자세를 취한다. 정영우는 무수한 미래의 불안을 잊고 있다. 이 순간, 정영우는 과거도 미래도 아닌 지금을 산다.

신영하가 공을 던진다. 공이 한순간 정영우의 시야에서 솟아오른다. 정영우는 아무 생각 없이 평생을 쏟아 몸에 새겨둔 자세 그대로, 아니 평생을 쏟아 몸에 새기고자 한 가장 이상적인 자세로 배트를 휘두른다. 배트와 공이 공간의 가장 정확한 지점에서 만나고, 땅 하는 경쾌한 소리가 난다.

팔로우스윙을 끝내고 자연스럽게 배트를 던진 정영우는 상황을 파악하지 못한 채로 멍하니 서 있다. 공이 저 멀리 날아간다. 멀리, 아주 멀리, 지금까지 정영우가 한 번도 그려내지 못한 궤적으로 날아간다. 그 공은 아까부터 그라운드에서 시선을 떼지 못하고 있는, 펭귄스라는 팀을 평생 저주하고 응원하며 자랄, 어느 한 펭귄스 팬의 어린 아들 앞에 놓인 치킨 박스에 내리꽂힌다.

정영우가 프로 생활을 하면서 단 한 번도 쳐보지 못한 홈런이다. 정영우의 머리는 그것을 안다. 하지만 정영우의 마음은 그것을 아직 받아들이지 못한다. 이게 진짜라고?

뒤에서 목소리가 들려온다.

"정영우!"

익숙한 목소리다. 정영우는 고개를 돌린다. 타자 바로 뒤쪽 응원석에서, 생각지도 못한 사람이 일어서서 그의 이름을 부르고 있다. 정승우다. 정승우가 미친 듯이 그의 이름을 부른다. 눈물을 흘리는 것 같다. 그 옆에서 유소희가 팔을 흔든다. 잠시 정영우는 그쪽으로 걸어갈 뻔하다가 정승우의 소리를 듣고 정신을 차린다.

"돌아야지!"

정영우는 깨닫는다. 맞아. 홈런을 쳐도, 야구는 한 바퀴를 돌아야 해. 1루, 2루, 3루, 그리고 다시 홈으로 돌아와야, 순환을 완성해야 점수가 나는 거야. 정영우는 달린다. 익숙한 그라운드를, 익숙하지 않은 방법으로 한 걸음 한 걸음 힘 있게 내디딘다. 야구장 전체에 그의 이름이 가득 울린다. 2루에 도달했을 때, 펭귄스 선수들이 자신에게 끼얹을 물을 준비하고 흥분한 채로 홈에서 방방 뛰고 있는 것을 정영우는 마침내 목격한다.

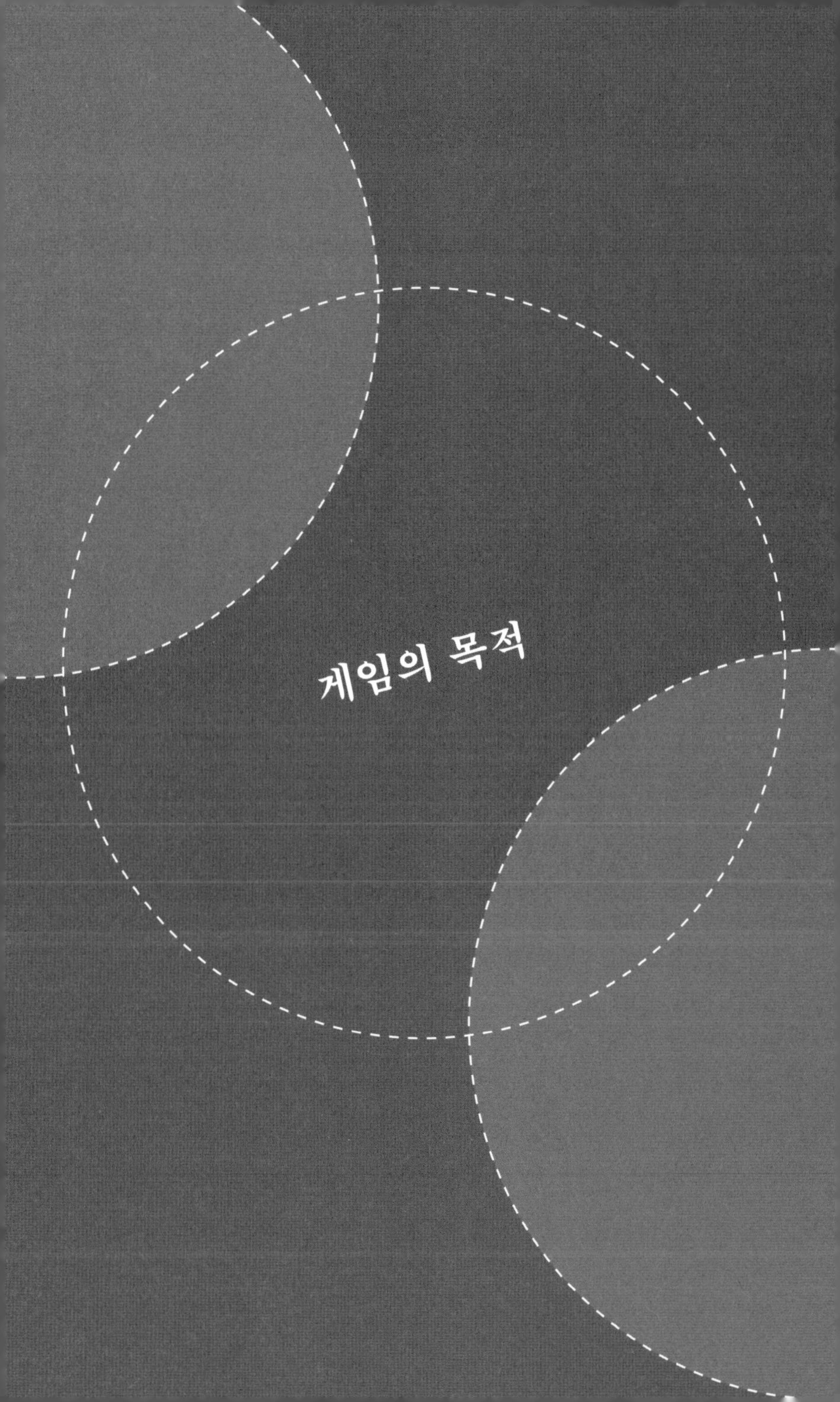
게임의 목적

팀장실에는 조명과 간소한 촬영기기가 설치돼 있다.

"사실 그런 낙하산 퍼포먼스가 또 세계 최초는 아니에요. 1986년 메이저리그 월드 시리즈에서, 뉴욕 메츠를 응원하는 팬이 낙하산을 타고 날아든 적이 있죠. 생각해 보면 그 경기도 뉴욕 메츠가 이겼는데…. 흠… 하긴 한국은 미국이랑 문화가 또 다르죠. 미국에서는 경비행기도 좀 더 일반적으로 쓰이는 편이고…."

"팀장님!"

카메라 뒤에 선 하유미가 웃으면서 손짓한다. 하유미가 말한다.

"그런 역사는 다큐멘터리 앞쪽에 간략하게 넣을 생각이라 거기까지는 말씀하지 않으셔도 괜찮아요."

"그런가요?"

"그리고 카메라 쳐다보지 마시고 저를 바라보시는 편이 좋아요. 표정도 좀 푸시고."

"아… 이게 적응이 안 돼서."

서나리가 딱딱한 미소를 띤 얼굴에서 애써 힘을 풀며 카메라 옆쪽에 있는 하유미를 바라본다.

"이런 촬영 기법 같은 걸 배우는 게 힘들지 않았어요? 이제 퇴사한 지 3개월 정도 지났는데 빠르네, 하유미 감독."

감독이라는 호칭이 아직 어색한 하유미가 멋쩍게 웃는다. 팀장실 창문 밖으로는 눈발이 흩날리고 있다. 잠시간의 침묵 후에 하유미가 노트를 쳐다보면서 말한다.

"그럼 다시 시작할게요. 새 질문. 그래서 정영우 선수가 9회 말에 대타로 올라온 것은 예상외의 일이었다고 하셨는데요, 이에 대해서 더 하실 말씀은요?"

서나리가 고개를 끄덕인다.

"감독님과 따로 이야기한 적은 없었는데 대타로 같은 인물을 생각해 내다니 신기했죠. 팀을 이끌고 뒷받침해 주는 사람끼리 상호 교감이 없었거든요. 좀 더 적나라하게 말하자면, 유 감독님과 제가 분쟁이 많았죠."

"그래도 두 분 모두 구단에 남게 됐네요. 감독님도, 팀장님
도. 두 분이 나름대로 화해도 하고. 다 정영우 선수 홈런 덕분
이네요. 그럼 혹시 정영우 선수가 홈런을 칠 거라고 예상하
셨어요?"

서나리는 고개를 젓는다.

"운이 좋았죠. 메커니즘상으로 정영우 선수가 잘 칠지도
모른다고 생각했지만, 결국 제가 할 수 있는 건 예측뿐이잖
아요. 예언이 아니고요. 글쎄요, 감독님의 직관이 그 순간 맞
아떨어졌다고 말할 수밖에."

"감독님의 직관이 맞았다고요?"

"당시 타격을 분석해 보면, 정영우 선수는 몸에 힘이 빠져
있거든요. 사실 항상 그게 문제였어요. 지나치게 긴장해 있어
서 공이 제대로 오기 전에 상체가 빠르게 회전하는 것이 고
질적인 문제였거든요. 그런 건 멘탈 문제라 쉽게 교정이 안
되고. 근데 감독님이 그때 정영우 선수가 이완되어 있는 걸
본 거죠."

자신의 전문 분야를 이야기하기 시작하자, 서나리의 얼굴
에 활기가 돌기 시작한다. 하유미는 그런 서나리의 자신감이
좋다. 서나리는 계속해서 열정적으로 말한다.

"역설적이죠. 포기했기 때문에 힘이 빠졌고, 그래서 몸통
회전이 더 유연해지고, 그러니 더 자연스러운 궤적이 만들어

지고. 결국 공에 더 큰 힘이 제대로 전달됐고, 공은 펜스를 넘고. 뭐, 사소한 소동이 빚어지긴 했지만."

서나리가 피식 웃으면서 하유미를 쳐다본다. 하유미는 어깨를 으쓱한다. 그녀는 살짝 몸을 돌려 창밖을 바라본다. 쏟아지는 눈발 사이로 그녀는 과거를 지켜보고, 생각을 정리하는 듯하다. 하유미는 질문한다.

"하지만 어떻게 보면 전략은 어그러진 것 아닌가요? 9등이니까요."

"이미 벌어진 일은 어쩔 수 없죠. 어쨌든 그 순위도 나쁘지 않습니다. 유진성 감독님도 협조적이시고요. 스프링캠프 훈련 계획도 이미 착착 진행 중입니다."

"와, 팀장님. 우리 처음 봤던 때와 엄청 달라지신 거 같아요."

하유미가 놀리듯 말한다. 서나리는 하유미를 바라본다. 그녀는 골똘히 하유미의 두 눈을 쳐다보다가 말한다.

"약간은 그렇죠. 몇 달 전까지는 제가 모든 걸 통제할 수 있다고 생각했어요. 그런데 이제 그게 가능하지도 않고, 어떤 변수는 받아들일 수밖에 없는 것 같네요. 사람들은…."

서나리가 말끝을 흐린다.

"사람들은…?"

"사람들은 제각기 다 다른 게임의 목적을 갖고 있어요. 구단은 장기적으로 강팀이 되길 바라고, 선수들은 개인의 커리어가 중요하고, 팬들도 각자 응원하는 목적이 다르고… 어? 잠깐!"

"네?"

서나리의 표정이 환하게 바뀐다. 마치 유레카라고 외치는 듯하다.

"대학 때 경제학 들으면서 배운 불가능성 정리가 결국 이걸 말하는 거구나! 그러니까 세 명 이상이 모여서 투표하면, 모든 사람의 선호를 동시에 만족시킬 수는 없다는 건데…."

하유미는 불길한 징조를 느낀다. 서나리는 태블릿에 무언가 열광적으로 쓰기 시작한다.

"좀 더 포멀하게 표현하자면, 세 명 이상의 개인이 있고, 세 개 이상의 선택지가 있을 때, 개인 i의 선호 관계를 Ri라고 하고, 사회적 선택 함수를 F라고 해봅시다. F 그니까 $R1$, $R2$, $R3$ 이런 식으로 Rn이, 한국어로 뭐라 하는지 모르겠는데, Transitivity를 만족하면서 동시에…."

"팀장님…."

하유미는 한숨을 쉰다. 그녀는 카메라를 가리키면서 말한다.

"저는 지금 찍고 있는 다큐멘터리를 천 명만 봐도 완전 대박일 거라고 생각하거든요. 지금 팀장님이 말씀하신 걸 그대로 실으면 백 명도 안 볼 것 같아요."

“아, 그런가.”

서나리가 헛웃음을 짓는다. 그녀는 짧게 요약한다.

“뭐, 모든 사람을 만족시킬 수 없다는 건 수학적으로도 자명하다는 거죠.”

“처음부터 그렇게 말씀해 주시면 얼마나 좋아요.”

“그건 잘됐네요. 다른 질문은요?”

하유미가 고개를 젓는다.

“이 정도면 일단 충분할 거 같아요.”

“그래요. 또 필요한 거 있으면 말하고.”

“감사합니다. 팀장님.”

하유미는 방 안에 설치한 조명 따위를 정리하기 시작한다. 서나리는 앉은 채로 그 모습을 바라보다가 넌지시 말한다.

“이제 야구 쪽의 흥미는 완전히 잃은 건가요?”

하유미가 무슨 소리냐는 듯 말한다.

“아뇨, 야구 재밌죠. 계속 볼 거예요. 펭귄스 우승하기 전에는 못 죽죠.”

“다시 여기서 일하고 싶진 않아요?”

“네.”

하유미는 단호하게 말한다. 서나리는 아쉽다. 그럴 만도 하다. 그녀는 하유미에게 자신이 배운 것을 아낌없이 가르쳐 주고 싶었으니. 서나리는 묻는다.

"왜 그런지 물어봐도 되나요? 혹시 예전 일 때문에 힘들어서?"

하유미가 몸을 돌리고 서나리를 바라본다. 다행히 하유미는 미소를 짓고 있다.

"아뇨. 이젠 괜찮아요. 그냥, 뭐랄까, 야구는 그냥 삶에서 취미의 영역으로 남겨두고 싶어요. 즐거움의 영역으로. 내가 좋아하는 거니까 일로 하면 더 잘할 것이다, 그건 또 아닌 것 같아서요."

"흠. 아쉬운데. 많이 전수해 주고 싶었는데."

"그래도 야구 가르쳐 줄 사람이 저 하나뿐만은 아니잖아요?"

하현승 이야기다. 서나리는 피식 웃는다.

"요즘 단장님 야구 열심히 배우시더라고요."

"오, 그러니까요. 요새는 집에 오면 옛날 영상까지 하나씩 돌려보면서 복습해요. 언제는 본사로 돌아가서 출세하고 싶다더니."

하유미가 어깨를 으쓱인다. 서나리는 다행이라고 생각한다. 어쨌든 단장이 야구를 좀 더 잘 안다면 일을 진행하기가 훨씬 쉬워질 것이다. 서나리는 마지막으로 묻는다.

"재판은 잘되어 가고요?"

이제는 하유미의 표정이 확실히 어두워진다. 하유미는 힘없이 말한다.

"예, 다행히 징역은 살 것 같지 않지만… 변호사님 말씀대로라면 집행유예 정도는 피할 수 없다고. 펭귄 할아버지는, 글쎄요…. 주도하신 거라 6개월은 살아야 할 것 같은 분위기인데…."

서나리는 흥미진진하다는 듯한 표정을 짓고 팔짱을 낀다. 그녀는 잠시 생각하더니 말한다.

"그래도 재밌는 쇼맨십이었어요. 덕분에 팀에 대한 관심도 커졌고… 그런데 펭귄 할아버지가 문제네요."

"그게 아마, 감옥에서 야구 보는 건 안 될 것 같은데…."

"큰일인데. 그러면 그분은 가을까지 어떻게든 실형 선고를 미루는 게 우선이겠네. 시즌 끝나고 감옥 들어가면, 뭐, 야구 다시 시작할 때쯤 다시 나올 테니까."

하유미는 절망한 표정으로 듣다가, 조금 입꼬리를 올린다.

"저도 정확히 똑같이 생각했어요."

서나리는 소리 내서 웃는다. 하유미는 그녀를 쳐다보다가, 슬픈 듯 기쁜 듯 따라 웃는다.

✱ ✱ ✱

서울, 어느 한 달동네로 들어가는 언덕 입구다. '펭귄스와 함께하는 사랑의 연탄 나누기 행사'라고 적혀 있는 플래카드가 보인다. 거기엔 연탄불을 쬐고 있는 펭귄 마스코트도 그려져 있다. 그 아래로 밴들이 여럿 주차되어 있고, 펭귄스 포스트시즌용 잠바(지난 십수 년간 단 한 번도 공식적으로 입을 일이 없었던)를 입은 거대한 체격을 가진 사람들이 바글거린다. 그들은 4킬로그램 가까이 되는 연탄을 여러 장씩 겹쳐서 번쩍번쩍 짊어진다. 이곳에는 펭귄스 선수들뿐만 아니라 코치와 구단 스태프들 그리고 팬들까지 섞여 있다. 개중에는 악명 높고, 낙하산 사건으로 명성도 높아진 허들러스 사람들도 있다.

하유미는 커다란 방송용 카메라를 든 채로 이곳저곳을 촬영한다. 사람들은 하유미의 얼굴을 알아본다. 입을 여는 사람도 있지만, 하유미는 미소를 지으면서 손을 내젓는다. 모른척해 달라는 뜻이다. 하유미는 한쪽으로 카메라를 돌린다.

정장을 입은 하현승이 임주형 기자와 인터뷰 중이다. 하현승의 얼굴에는 연탄이 잔뜩 묻어 있는데, 어색한 느낌을 지울 수가 없다.

"음, 그러니까… 이번 기회를 통해서 소외계층에게 따뜻함을 전달하고, 또, 동시에 펭귄스가 단순히 야구만 하는 게 아니라 팬들에게 받은 사랑을 다시 사회에 돌려주는 단체임을 알리려고 합니다. 40년 역사의 명문구단으로서…."

하현승은 주먹을 꼭 쥐고 말한다. 임주형은 그런 형식적인 말에는 별다른 관심이 없는듯하다. 임주형은 하현승의 말을 끊고 질문한다.

"단장님, 명문구단 하니까 궁금한 게 생기는데요."

"네?"

자신을 찍고 있는 하유미를 애써 무시하는 척하면서 하현승은 답한다.

"사회공헌도 중요하지만, 명문구단이라고 하면 성적도 중요하지 않겠습니까. 특히 이번 시즌에는 팬들의 목소리도 참 큰 시즌이었죠."

"그래! 좀 잘해봐라!"

저 어디선가 팬의 목소리가 들려온다. 하유미는 그 목소리가 허들러스 중 한 명의 목소리라는 것을 안다. 경찰서 앞에서 들은 목소리다. 하유미의 마음속에 다시 한번 법원 출석 일징이 스쳐 지나간다. 아아….

"아, 그거는… 일단 저희가 다음 시즌만큼은 다르다, 그걸 보여드리고 싶습니다. 저, 감독님!"

하현승이 고개를 돌리면서 말한다. 하유미는 오른손만을 이용해서 연탄을 묵묵히 옮기고 있는 유진성 감독을 찍는다. 유진성이 고개를 돌린다. 그는 무덤덤하게 말한다.

"불렀습니까?"

"네, 네. 이리 좀 와보시죠."

유진성이 연탄을 내려놓고는 걸어온다. 선수단과 팬들 모두가 잠시 멈춘다. 유진성이 하현승의 오른편으로 오자 하현승이 유진성의 어깨를 감싼다. 유진성이 하현승을 잠시 어이없다는 듯 바라본다. 하현승이 말한다.

"그, 우리 팀은 지금까지 현장과 구단 사이의 소통 문제가 컸던 것 같습니다. 이제 그런 데서 완전히 탈출했다고 말씀드릴 수 있고요. 서로 협조적인 자세로 나아가려고 합니다."

임주형이 마이크를 유진성 쪽으로 대면서 말한다.

"감독님 생각은 어떠십니까?"

유진성이 잠시 허공을 응시하다가, 고개를 한 번 젓고는 말한다.

"그래, 하 단장 말이 맞아요. 글쎄, 나도 야구에서 새로 배울 수 있는 게 있겠지."

수십 년간, 한 가지 방식만을 고수해 온 감독이다. 그것이 장점이기도, 단점이기도 한 사람이다. 말하자면, 수백 년을 살아온 노송이 그 뿌리를 뽑고 걸어 움직이는 것을 보는 것만 같다. 몇 개월 전 구단과 현장의 그 수많은 갈등이 거짓말처럼 느껴진다. 임주형이 말한다.

"그럼, 서로 어깨동무하고 사진 한 장 찍으시죠!"

유진성이 고개를 끄덕인다. 그는 왼팔을 들어 올리려다가 하현승의 어깨에 올릴 정도로 팔이 들어 올려지지 않는다는 것을 깨닫는다. 유진성은 잠시 머뭇거리다가 하현승의 반대편으로 가서 선다. 둘은 다시 어깨동무한다.

"웃으시고."

임주형이 말한다. 하현승과 유진성은 미소를 짓는다. 하지만 그 미소는 확실히 자연스럽다고 말하기에는 무리가 있다. 아니 그 미소는 확실히 어색하다. 하유미는 그 미소가 언제쯤 자연스러운 미소로 바뀔 수 있을지 궁금하다. 당장 내년이 시작하자마자 또 구단과 감독이 여론전을 펼칠지도 모른다.

어쨌든, 어색한 미소라도 지으면서 어깨동무할 수 있는 지금이 훨씬 낫다. 어찌 그렇지 않겠는가. 적어도 다음 시즌은 이번 시즌보다는 나을 것 같다. 하유미는 그것만으로도 꽤 괜찮다고 생각한다.

한편 저 멀리서 누군가가 터벅터벅 걸어온다. 고개를 숙인 거대한 남자다. 제대로 관리되지 않은 머리카락과 수북한 수염에 잿가루가 조금 묻어 있다. 그 남자를 처음 발견한 팬 한 명이 작게 탄성을 지른다. 곧 모두의 시선이 그쪽으로 향한다. 모두가 그 남자를 안다.

이상훈이다. 아직 출장 징계가 남아 있고, 다음 시즌도 전반기 동안은 나오지 못할 것이다. 언젠가 다시 뛸 수 있더라도 찜찜한 꼬리표가 붙은 그의 가치는 결코 이전과 같지 않다. 임주형이 이상훈을 찍기 시작한다. 하유미의 카메라도 자연스럽게 그 방향으로 돌아간다. 임주형의 카메라가 먼저 그를 향하지 않았다면 하유미는 감히 이상훈을 찍지 못했을 것이다. 이상훈은 손으로 얼굴을 가린다.

"찍지 마세요."

하유미가 카메라를 내리지만 임주형은 집요하다. 이상훈이 임주형 쪽으로 터벅터벅 걸어온다. 임주형은 몇 번 뒷걸음질 치다가 카메라를 내린다. 이상훈은 한숨을 쉬고는, 침묵에 빠진 사람들을 돌아본다. 그는 고개를 꾸벅거리고는 말한다.

"죄송합니다."

그리고 이상훈은 연탄 쪽으로 걸어간다. 그러다가 그는 하유미와 눈이 마주친다. 이상훈은 하유미를 곧바로 알아본다. 교차하는 시선 속에 하유미는 겁을 먹는다. 어쨌든 하유미는 정영우와 서나리와 한편이었다. 이상훈이 하유미를 지긋이 바라보다가 말한다.

"퇴사하셨다고 들었는데요."

"아, 그게… 제가 다큐멘터리를 찍고 있어서요."

하유미가 말한다.

"무슨 다큐멘터리요?"

"그게, 음, 제목은 게임의 목적인데. 그냥 이번 시즌 동안 펭귄스에 이런저런 일이 많았잖아요. 그래서 팀 사람들의 변화를 좀 보여주고 싶고… 왜 야구를 하는지, 야구에서 무얼 얻는지 묻고 싶기도 하고. 사실은 팀이 어쩌다 이렇게까지 떨어졌나 싶어서 '추락의 해부'라는 이름도 생각해 봤는데, 동명의 영화가….."

이상훈은 잠시 생각하다가 말한다.

"그럼 제 이야기도 빠질 수가 없겠네요."

"예? 아, 조금은…."

"찍으세요."

이상훈은 자기를 가리키면서 말한다. 하유미는 그 제안을 거절할 수 없다. 홀린 듯이 그녀의 카메라가 다시 이상훈을 향한다. 이상훈은 말한다.

"마지막 경기에서 영우 선배랑 술 마시면서 꿈 이야기를 했어요. 영우 형은 은퇴하기 전에 한 번이라도 홈런을 쳐보고 싶다고 말했죠."

"아."

이상훈은 카메라 렌즈를 정면으로 쳐다보지 못한 채, 말한다.

"징계받고 맨날 집에서 술만 마셨어요. 근데 TV로 야구 보니까 질투심 같은 게 들더라고요. 솔직히 제가 잘못한 건데 좀 어이없죠. 그러니까 문득 그런 생각도 드는 거죠. 내가 야구를 하는 목적이 무엇이었나. 그라운드에 서는 것 자체가 즐거웠던 게 아니었나."

"그러면 야구를 하는 목적이 이제는 뭐라고 생각하세요?"

이상훈은 한숨을 쉰다.

"아직도 잘 모르겠습니다. 뭐, 야구를 잘해서 속죄한다, 이런 건 솔직히 내가 생각해도 웃긴 소리고. 그냥 다시 뛰고 싶어요. 그런데 내 이름에, 펭귄스 이름에 한번 먹칠한 건, 어떻게 지울 수 없는 거죠. 후회가 많이 됩니다."

그렇게 말하고 나서, 이상훈은 연탄 더미로 천천히 걸어간다. 그러다 한 번 하유미 쪽을 뒤돌아 보고는 말한다.

"영우 형한테 마지막 경기에서 홈런 친 거 축하한다고 전해주세요. 봄 되기 전에 언제 한번 술이나 마셨으면 좋겠는데."

모여 있는 사람들은 뭐라고 답해야 할지 모른다. 이상훈은 연탄 더미에서 자기 몫을 집어 든다. 임주형은 포기하지 않고 그 상황을 집요하게 찍고 있다. 이상훈은 임주형을 흘깃 쳐다보다가 포기했다는 듯 선수들을 향해 걸어간다.

그중 몇몇 선수들이 이상훈에게 말을 건다. 엄밀히 말하자면 그들도 이상훈에게 피해를 입은 사람들이다. 하지만 그들은 그 자리에서 이상훈을 탓하는 말을 꺼내지 않는다. 개중 한 명은 이왕 수염이 거기까지 자란 거, 한번 제대로 길러볼 생각은 없냐고 묻는다. 그 말을 듣고 시종일관 심각하던 이상훈의 표정이 조금이나마 풀어진다. 팬들 중 한 명이 생강차가 든 컵을 이상훈에게 건넨다.

카페의 4인용 테이블에는 두 여자가 앉아 있다. 하유미와 유소희다. 유소희는 영어로 된 두꺼운 대학 교재를 앞에 두고 태블릿에 무언가를 끄적이고 있다. 하유미는 그 모습을 카메라로 찍는다. 그녀는 이 여자애가 서나리와 비슷한 분위기를 풍긴다고 생각한다. 하유미는 기시감과 침묵을 깨고자 말한다.

"두 선수가 좀 늦네요."

"언니, 말 편하게 하시면 안 돼요?"

유소희가 하유미를 바라보면서 말한다. 하유미가 고개를 끄덕인다. 적어도 서나리는 말을 편하게 하라고 하지는 않는다. 하유미는 서나리가 자신을 언니라고 부르라고 말하는 모습을 상상해 본다. 그건 상상하기 쉽지 않다.

"아, 그래. 근데 요즘은 고등학교에서 그런 거 배워?"

하유미가 교재를 가리키면서 말한다. 유소희가 고개를 젓는다.

"아뇨, 고등학교 수학은 이제 어느 정도 하는 것 같아서요. 좀 더 깊이 파보면 이해가 더 잘되니까 선행학습을 하는 거죠."

"아, 그럼 뭘 공부하는데?"

"중심극한정리의 증명이요. 아시잖아요, 고등학교 과정에서는 그냥 이런 게 있다, 하고 넘어가는 거? 그런데 수학을 그렇게 공부하면 안 되는 거 같아서… 또 통계학이 재밌기도 하더라고요."

하유미는 탄식한다. 의심할 여지 없이, 앳되어 보이는 이 여자애는 서나리과의 인간이다. 하유미는 이제 인정할 수밖에 없다. 그냥 이런 걸 좋아하는 사람이 실제로 존재한다는 것을.

그녀는 자신이 고등학교 2학년 겨울방학 때 무엇을 했는지 떠올려 본다. 글쎄, 이제 3학년이 되면 공부만 할 것이라는 철저한 자기변호 아래 나태, 방종, 타락 등의 시간을 보내지 않았나 싶다. 물론 고3이 되고 나서 공부만 한 것도 아니다.

"어, 저기 온다."

유소희가 카페의 유리문을 보고는 말한다. 정영우와 정승우가 보인다. 둘은 잠시 두리번거리다가 유소희를 바라보고 문을 열고 다가와 앉는다. 하유미가 말한다.

"마시고 싶은 거 있으세요? 제가 주문할게요."

"아뇨, 제가 갔다 올게요. 언니는 대화하고 계세요."

유소희가 일어서면서 말한다. 하유미가 뭐라 말하기도 전에 유소희는 이미 카운터 쪽으로 걸어가고 있다. 하유미는 정영우와 정승우를 돌아보면서 말한다.

"어우, 잘 지내셨어요? 정승우 선수는 처음 뵙네요."

정승우가 고개를 꾸벅인다. 정영우가 입을 연다.

"저는 시즌 끝나고 쉬었죠, 뭐. 유미 씨는요?"

"뭐, 저도 잘 지냈어요. 재판받는 거 빼고는….."

하유미는 웃기려고 한 말이지만, 둘의 표정은 심각해진다. 그녀는 억지로 웃는다.

"하하, 생각보다 뭐, 할만해요. 할만하고… 뭔가 이번 시즌을 기록해 보면 좋을 것 같아서 다큐도 찍고 있고… . 하여튼 인터뷰 응해주셔서 감사해요."

정영우는 하유미의 카메라 렌즈를 쳐다보면서 말한다.

"아뇨, 뭐, 저야 백수인데 불러주시면 좋죠. 승우도 겨울이라 훈련이 많이 없고요."

"아, 그냥 자연스럽게 저를 보고 말씀해 주세요."

정영우는 고개를 끄덕이고는 하유미를 바라본다. 하지만 정영우의 시선은 계속 렌즈 쪽으로 향한다. 프로선수 생활을 하면서 카메라에는 익숙해졌다고 생각했는데, 또 이렇게 카메라 앞에 서니 기분이 이상하다. 하유미가 말한다.

"질문드릴 건 간단해요. 그러니까, 게임의 목적이에요."

유소희가 아이스 아메리카노 두 잔이 올라간 쟁반을 들고 걸어온다. 그제야 하유미는 유소희가 둘에게 뭘 마실지 전혀 묻지 않았다는 것을 떠올린다. 아아, 확실히 서나리과야. 정승우가 다급히 유소희 쪽으로 걸어가서 쟁반을 대신 들어주려고 한다. 유소희는 고개를 젓는다. 하유미는 거인과 요정을 상상한다. 둘이 와서 앉는다.

"게임의 목적이요?"

정영우가 고개를 갸웃거리면서 묻는다.

"네, 이전에 서 팀장님이랑 체스 두면서 이야기한 거 기억 나시죠. 생각해 보면, 모두의 목적이 같지는 않잖아요. 정영 우 선수가 생각하기에 게임의 목적이란 무엇인지 말씀해 주 세요."

"글쎄요."

잠시 정영우가 생각한다. 가벼운 정적이 흐른다.

"이게 좀 말하자니까 민망한데. 사실, 마지막 타석에서는 정말로, 과거나 미래나 답이 없구나 싶었거든요. 내가 와, 인 생을 어쩌다 이렇게 살고 있나. 나중에는 또 뭐 해 먹고사나. 그런 답 없는 생각만 하고 있었어요."

"결과는 최고였잖아요?"

"그렇죠. 진짜 살면서 홈런을 단 한 번이라도 쳐볼 수 있었 나 싶었는데. 딱 그런 순간에…."

정영우가 우물거린다. 하유미가 말한다.

"극적이네요."

"저기, 진짜로 극적이었던 건, 그때 그쪽이 하늘에 있었던 거예요."

"아⋯."

하유미가 머리를 긁적인다. 정영우가 하유미에게 질문한다.

"그때 기분이 어떠셨어요?"

"아, 그게⋯ 그러니까 그 순간은 진짜 기분 너무 좋았죠. 너무 즐거웠어요."

"결국 경찰한테 잡히셨잖아요. 그때는 또 엄청 불안하셨죠?"

하유미는 마지못해 고개를 끄덕인다. 정영우가 하유미에게 손짓한다.

"거봐, 그렇다니까. 제가 보기엔 인생이 약간⋯ 그냥 그런 거 같아요. 그러니까, 밤하늘을 보면 사실 어둡고 넓은 하늘에 별은 몇 개 없지 않습니까? 그런데 어둠이 있으니까 별들이 반짝이는 게 돋보이잖아요. 밤하늘이 쨍하고 밝으면 별들이 구분이 가겠습니까? 그게 어둠의 역할인 거죠.

인생도 그런 거 같아요. 안 좋은 일이나 슬픈 일이 어쩔 수 없이 기쁜 일보다 더 많은 거죠. 삶도 그래서 기쁜 순간이 돋보이는 거고. 그런 순간들을 기억하면서 하루하루 살아가는 거죠, 뭐."

"승우야, 네 형이 이렇게 문학적인 말을 할 줄 안다. 너도 좀 배워라. 수업 시간에 잠만 자지 말고."

유소희가 중얼거린다. 정승우는 '오.' 하는 소리를 낸다. 정영우는 웃으면서 말을 잇는다.

"그동안 과거와 미래에 붙잡혀서 고민이 너무 많았어요. 어쨌든 살아가는 건 지금 이 순간인데요. 사실, 헬리콥터 올라갈 때, 분명히 문제 될 거 알고 계셨을 거 아니에요? 그런데 하셨잖아요. 어쨌든 재미있으니까."

하유미는 정영우를 본다. 그 순간의 기억이 떠오른다. 바꿀 수 없는 희열의 기억. 다시 그 순간으로 돌아간다고 해도, 경찰에 붙잡힐 걸 뻔히 알더라도, 그녀는 아마 헬리콥터에 다시 오를 것이다. 하유미가 고개를 끄덕인다. 정영우가 말한다.

"또 그렇게 생각하고 나니까 또 마음이 편해지더라고요. 사실 승우랑 이번 시즌 말에는 진짜 한마디도 안 했는데, 화해도 하고⋯."

"정승우 얘가 속이 좁아요. 몸은 이렇게 큰데. 둘 다 타고날 수는 없나 봐요."

유소희가 거든다. 정승우가 어이가 없다는 듯 말한다.

"아니, 솔직히 말해서 좀 이상하잖아요. 팀을 지게 한다니."

"야, 그게 다 영우 오빠가 너도 같은 팀에서 뛰었으면 해서 한 거잖아."

유소희가 따지고 든다.

"그렇긴 한데, 그래도 그건 좀⋯ 스포츠 정신이 아닌 거 같아서."

하유미는 문득 의문이 떠오른다.

"그러면 승우 씨는 내년에 결국 플래티퍼스로 가는 거네요?"

"아, 그게….'

정승우의 목소리가 천천히 잦아든다. 유소희가 별거 아니라는 것처럼 말한다.

"얘 미국 간대요. 확신이 섰대요."

"그래요? 생각해 둔 팀이라도 있어요?"

하유미가 정승우를 보고 묻는다. 정승우는 뺨을 몇 번 긁적이면서 말한다.

"그게… 휴스턴 애스트로스요. 서나리 팀장님이 그쪽이랑 연이 있다고 도와줄 수 있다고 하셨어요."

정영우가 끼어든다.

"저는 진짜 미국 가는 거 반대했는데."

"아, 형. 그거 파보호야. 미국 가서 망할 수도 있겠지. 그럼 또 그때 생각해 보면 되지. 뭐, 내가 내 몸 하나 건사 못 하겠어? 너무 신경 쓰지 않아도 돼. 나도 혼자서 잘해볼게. 미래의 불안에만 너무 신경 쓰면 안 된다며?"

정영우가 불만을 숨기지 못한 표정으로 침묵한다. 그러나 한편으로 그는 정승우의 이야기에 수긍하고 있다. 게다가 서나리가 돕는다지 않는가. 하유미는 싱긋 웃는다. 하유미는 유소희를 보고 말한다.

"그러면 내년 말쯤 되면 둘이 롱디야? 장거리 연애 쉽지 않을 텐데. 미국 남부면 시차도 있고."

"뭐, 저도 대학 생활을 즐겨야 하지 않겠어요?"

유소희가 가볍게 말한다. 오히려 정승우가 어쩔 줄을 모른다. 유소희가 정승우 쪽을 흘깃거리고는 말을 잇는다.

"생각해 보세요. 프로야구선수에, 몸도 크고, 돈도 있는데. 얼마나 놀 게 많고 얼마나 팬도 많겠어. 에휴, 운명을 거스르면 안 되는 거예요. 놔줄 때가 오면 놔줘야…."

"아냐, 소희야, 난 진짜로…."

정승우가 항변하듯 말한다. 유소희가 딱딱한 목소리로 묻는다.

"그래? 순결의 선서를 할 수 있어?"

아득한 표정으로 정승우가 고개를 끄덕인다. 하유미는 이렇게 작은 유소희가 정승우의 마음을 꽉 잡고 노는 것이 상당히 감탄스럽다. 유소희가 서나리와 완전히 똑같지만은 않은 것 같다. 어쩌면 유소희는 서나리의 업그레이드 버전, 그러니까 타인을 이해하고 잘 다룰 줄 아는 서나리가 될지도 모른다. 하유미는 살짝 소름이 돋는다. 하유미는 말한다.

"일단 이 정도면 최소한의 분량은 된 거 같아요. 좀 어색하게 말씀하셨는데, 사실 오히려 그래서 자연스럽기도 하고요…."

"잠깐만요, 저 장면 하나 제안해도 돼요, 언니?"

“네, 아, 응.”

“제가 왜 여기 있는지 아세요?”

그러고 보니 하유미는 유소희가 왜 여기 있는지 모른다. 하유미가 카페로 들어왔을 때, 유소희가 그녀를 손짓하면서 불렀다. 유소희는 자기가 정승우의 여자친구라고 간략하게 자기소개를 했고, 하유미는 그 이상의 정보가 없다. 하유미는 고개를 젓는다.

“아니, 왜 있는 거야?”

“저 영우 오빠한테 오늘부터 과외해 주기로 했거든요. 오빠도 이제 새 출발 한다고 해요. 수학 공부해서 서나리 팀장님 밑에서 일할 거랬나.”

“아…!”

“그래서 영우 오빠가 과외하는 장면도 함께 담으면 좋을 것 같아요.”

하유미는 고개를 끄덕인다.

“야, 오늘 같은 날에 굳이 해야겠니?”

정영우가 말한다. 유소희가 매우 단호히 고개를 젓는다. 그 단호한 표정과 동작은 실제로 물리력을 발휘하는 것만 같다.

“오빠, 지금 시작 안 하면 평생 미뤄.”

유소희가 태블릿과 펜을 정영우에게 내민다. 떨떠름한 표정으로 자신을 바라보는 정영우에게 그녀는 말한다.

"자, 여기다 좌표평면과 y=x 그래프를 그려봐."

정영우는 펜을 든다. 그는 태블릿에다가 아무 의미 없는 선을 찍찍 긋다가 말한다.

"좌표평면이 뭔데…?"

"심각하네."

유소희가 고개를 젓고는 말을 이어간다.

"그래도 다행이다. 심각한 수준이니까, 더 나아지는 쪽 말고는 방향이 없잖아?"

____

어떤 사람들은 야구가 인생의 닮은 꼴이라고 말한다. 확률이 지배하는 타임아웃 없는 게임, 매 시즌 100경기가 넘는 초장기 레이스. 나는 그보다 더 과격한 입장이다. 야구는 인생과 합동이다. 많은 스포츠들이 인생과 닮아 있다고 말하지만 야구는 인생과 같다.

투수가 한번 야구공을 던지고 나면, 그 야구공이 아웃이 될지 안 될지는 이제 투수의 손에서 벗어난 것이다. 글쓰기도 마찬가지다. 글을 쓰고 공개하게 되면 그 글이 사람들의 눈에 들지 안 들지는 내가 결정할 수 없는 것이다. 다만 공을 던지는 그 순간에, 글을 쓰는 그 순간에 최선을 다할 수밖에 없다. 그 나름대로의 최선이 가닿기를.

질주의 다이노스의 승리를 기원하며,

2025년 10월 4일

한때 동대문운동장이었던 동대문역사문화공원에서.